U0013562

蜂蜜花火

林達陽 著

suncolor 三采文化

CONTENTS

輯一 遠方 —

青春的祕密是我認真看待每件事，
即使你不懂，但只要你在並願意聽，一切就已足夠。

輯二 生活漫遊 ——

學習與旅行，以及喜歡，
都是那樣讓人微微發燙的感覺。

輯三 看見花火了 ──

戀舊的人，
擁有蜂蜜一般的時間……

幸福與野性的想像

這或許是一本告別和啟程之書。

想說說動物的故事，是從小就有的念頭。小時候喜歡去動物園，親眼看見書本裡的動物存活在真實世界中，走路，吃食，感覺無比驚奇，彷彿時空向我打開了一個新的維度，那些動物真實的存在，好像也讓世界變得更真實了一些。隔著欄杆，注視籠裡的動物有憂傷的眼睛，那時不明白是什麼，只知道動物看我

的眼神，與我們看他並不一樣。但目光交接時，能感覺一種無以名狀的情緒在我們之間互動，與對人說話不同，是某種無法以言語解釋的「了解」。那又讓我覺得，或許我們和動物，遠比想像中的相似。

上學以後，看過更多與動物相關的文本。伊索寓言，迪士尼，宮崎駿，諸如此類。再長大一些，還讀白鯨記、野性的呼喚與白牙、少年 PI 的奇幻漂流、里爾克的豹等。「人是眾多動物之一種」，這樣的說法我們知道但不記得，關於動物的種種（或說人的心底屬於獸的種種），我們最置身事外，但最後總是由我們訴說。更長大，大學和研究所住在外地，養過小鼠與貓狗，養過魚和一些水生動物，也還是愛去動物園，但感覺已經完全不同。

一次去東京，排了行程特地去上野動物園，日本小說或影劇裡時而寫到失業上班族坐在動物園裡發呆的情景，那樣走投無路的生活用想的都有畫面，但我那次一個西裝筆挺的人都沒能遇見。那是一個稍稍放晴的冬日下午，動物園比我想像的更小，

園裡的遊客多是家庭主婦與小孩，我很快走完一圈，回到公園一角的水池，趴在欄杆上，看北極熊力大無窮地在水中憤然撥動一顆浮球，可愛，富有力量，但是那麼悲哀。那悲哀好像也不只是我身為人類去看所感覺到的不自由，好像還有一些別的。熊掌奮力拍向浮球，冬日的午後陽光裡濺起水花，燦爛異常，我總覺得那就是我在生活中多數時候的模樣。

我不明白那樣的聯想如何發生。開始工作後，一次出差結束返家，快速列車上重看片山恭一的小說，看到〈雨天的海豚〉最末，有一段短短的話，「看不到海豚，可是，我相信牠們一定在這海裡的某一處。」好像無意間說破了什麼。列車正進入高雄市區，星星點點的燈火從大樓和工廠中亮起來，彷彿夢裡沉入人間的星空與星座。黑暗中光與影虛實交錯，窗外的市區無限向遠方延伸，世界是一片巨大的海洋，那些看不見的動物，或許正以更好的我的模樣，行走在這個世界上。

那是這系列作品的起點，但似乎也是終點了。這本書中，收錄了近五年在這樣的心情下，有意去寫的動物系列作品。輯一裡

的我彷彿仍是乾淨的小孩，以想像力代替眼睛，試圖去看更美麗也更殘酷的許多遭遇。輯二裡的少年有了人形，各種動物於我而言，像是通往平行世界的捷徑，不同的可能在生活裡閃爍發光，看見了，但已經知道不是每一條路展開了我就能前往。輯三的文字更安靜、也更幽深一些，長大以後的種種念想無處抒發，有一些跟蹤著這些動物，回到心裡最深最深的洞穴安放。

出版前反覆看，覺得，或許這也是三種獸的狀態吧。或甚至不只三種？我們已經長大、已經成為現在的我們了，沒有演化成其他更美麗更寂寞的動物，沒能以其他的樣子相見相遇，想來難免覺得有些可惜，只好記錄在這裡。

隨著這本書的完成，從《恆溫行李》、《再說一個秘密》以來，一種比較甜蜜青春哀傷的口吻，場景中那種清澈的空氣感，似乎要漸漸褪去了。嘗試創作幸福快樂題材的書寫階段，好像也可以告一段落。這些年能因為這些溫暖的文字與許多人相遇，被溫柔且慎重地寄託與對待，這是我最初不敢想像的好運。而除了那樣明朗、光亮的面向，接下來，也想與這些溫柔但是屢

屢受傷的人一起轉身，去寫一些黯淡一點、寂寞一點、傷心一點的事情了。

記得前幾年一次演講活動結束，黑夜裡搭了隨手招來的計程車去高鐵站。司機是一個客氣的中年人，路程長，我們漫無目的聊起來。問為什麼開計程車呢？他說是經商失敗，沒有選擇。問為什麼不定點排班、為什麼不加入車隊，則說是不想讓自己安定下來，還沒老，世界還有沒見過的地方，開車存點錢，想再去看。說了許多過往的事情，許多這幾年來的心情，夜路燈光點點，美麗燦爛得不像是真的。

車接近高鐵站了，世界在不遠處一片輝煌，他有點謙虛地說，這些年他的感覺是這樣，人還是要照看著自己，無論遇見什麼，保有信心，保有耐心，也要保有野心。車外風景與時間都在流逝，我聽著這話時仍望著車窗，窗中看見自己幽暗的倒影，倒影裡，有一對比白天時更明亮、比照鏡子時更真實的眼神，我注視著他的時候，他好像也注視著我們。

要出發了，不知道去哪裡，打開青春的柵欄，外面是野地。

在那之前終於寫完了這些作品，是疲累但是幸福的決定。不管未來去到何方、世界變怎樣，身體裡與動物親密相關的那個少年，是我永遠的想念和想望。

輯一／

遠方——

——青春的祕密是我認真看待每件事，

小聲告訴你，

即使你不懂，

但只要你在並願意聽，

一切就已足夠。

永恆的港

那隻雷龍靜靜站在清晨的港邊，像是一具巨大的起重機，動也不動，不知道在想些什麼。

港口已經被改建成我不認識的樣子了，原先雜亂堆放的機具好像都已經撤走——或許也沒有撤走，而是悄悄收起來了，像是在訪客來訪前匆匆整頓過的客廳與陽台花圃，整整齊齊，保護著尋常生活不為外人所知的雜亂心事那樣。

但還是留下了一些痕跡。地上留著早前設施打樁的痕跡，一些被磨去、與地面齊平的鋼筋，打磨過的那面在陽光裡靜靜發亮；一些生鏽的機具拖曳著什麼經過的軌跡，黃褐色的鐵鏽彎彎繞繞了很大一圈，像是神祕星象圖的一部分。

原先繁忙的港口現在空無一人。更遠處生長著荒美的野草，在風裡隨地飄搖，像是沐浴在晨光裡的小鹿，或什麼美麗、近乎神聖的生物。

雷龍靜靜站在港邊看著這一切，但動也不動，或者是靜靜對著這一切發呆？從那麼高的地方往下看，這片碼頭是什麼樣子呢？他覺得懷念嗎？從前那些雜亂、真實的故事場景多半都已經消失，如今只剩下他還生活在這裡，好老好老，但與彷彿永恆的晨曦、與比時間更久遠的海洋相比，又是那麼年輕。他覺得懷念嗎？他也覺得有一點點欣慰、但同時有一點點不捨和憂傷嗎？

我朝雷龍走去，但雷龍離我太遙遠了，每一步都只能靠近雷龍一點點。好像在追逐著一個永遠不會成真的夢想啊。雷龍背對著晨光，好像在淡淡的、鹹而且帶有一點點甜味的海風裡輕輕搖了搖頭，或是點了點頭。

我們最初天真相信的那些事情，還有成真的機會嗎？

我們最初天真相信的那些事情，還有成真的機會嗎？

一直沒有長大

那隻幼小的猴子，一直沒有長大。

回到小時候所住的房子，窗外還是一樣的景緻。巨大的樹蓊蓊鬱鬱，有三、四層樓高。我從所住的透天厝頂樓房間望出去，剛好可以勉強看全樹冠圓圓的頂蓋，很可愛、很好摸的樣子。大樹幾乎遮住了窗戶一半到三分之一的視野，從樹沒遮住的部分往外看，是當年新造的城鎮。如今這裡也是人口外移的區域了，黃昏裡格外給人哀傷之感。越過這些，遠遠地，能看見這附近幾百里內的第一個摩天輪。

這是一棵奇怪的樹，有時結出果子，有時不結出果子。據說毫無理由。對迷信的長輩來說，甚至能用以占卜其他事情的吉凶。

不知道有沒有記錯，我甚至一直有個印象它能結出不同的水果？但那都不重要，重要的是那棵大樹裡生活著許多我喜歡的動物。松鼠，浣熊，小小的羊有時也跳上來，還有一隻幼小的猴子。

那隻小猴子日日都出現在大樹最靠近我窗戶的位置。孤單的時候，那隻幼猴就是我最好的朋友了。即使很多朋友在巷口的空地、或是樓下的廣場上玩，大聲呼喚對我說話，或甚至我就跑下樓了，和大家玩在一起，但只要我覺得孤單的時候，那隻幼猴就是我最好的朋友。隔著一段距離，枝葉間晃蕩，張著外星人一樣的大眼睛骨溜溜看我，好像非常聰明，了解我全部的感覺，又似乎全然無知、天真。

那段日子裡，最快樂的時刻是每天下午，放學回到家，咚咚咚跑上樓，一路引得每一層樓梯口的風鈴亂晃。進到房間放下書包，外面的夕陽透過大落地窗，正清洗著屋子裡的一切。房內的東西像著了魔法一樣，各自回到本來所在的位置。空氣裡散漫著淡淡的食物氣味，媽媽正在樓下煮飯。我坐進窗邊的椅子

慢慢的，
感覺比較
幸福呀。

裡，看著小猴子在枝枒間晃來盪去，非常無聊，但也非常忙碌而快樂的樣子。遠方的摩天輪也緩緩在轉——緩緩在轉是我自己說的，距離太遠了，其實我不知道摩天輪到底有沒有在轉呢？

我只知道摩天輪上的車廂輕輕晃著，夕陽下反射著刺眼明亮的白光，再遠都能看見。小猴子有時候晃盪累了，也會坐下來，就在我窗外與我同高的地方。他應該也很喜歡摩天輪吧，一起望向摩天輪的時候，是我覺得最幸福的時光。

媽媽如果忙完家事就會上來找我。媽媽總是這樣說的，偶爾一次，遠遠就能聽見拖鞋摩擦著光滑地板的聲響，那聲音讓我覺得非常安心。但媽媽看起來好像永遠沒有做完事情的時候啊。有時候媽媽會放下手邊的事情上來看看我，跟我一起坐在窗邊往外望。我沒有提過小猴子的事，媽媽也沒有。我有時候跟媽媽說學校的事，有時候說學校以外的事，半真半假，很多部分藏了起來不說，但不知道為什麼媽媽卻全部相信。媽媽好像有點笨啊我偷偷想。

好幾次，我指著窗外，說媽媽妳看，樹葉在晃，媽媽妳看摩天輪轉好慢喔，摩天輪上的車廂在晃。風鈴聲在房外的走廊輕輕響。我跟媽媽說我有一個朋友跟我一樣，非常喜歡這棵大樹還有摩天輪喔，但是樹上的葉子長得好慢，摩天輪轉得好慢。媽媽說這樣呀。媽媽說這樣很好，慢慢的，感覺比較幸福呀。

小猴子就坐在離我們非常近的窗外，有時看看我們，有時看看摩天輪。但我始終沒和媽媽聊到小猴子的事。

走進小時候的房間，我又看見小猴子在窗外晃來盪去。看見我，便坐了下來，尾巴左勾右轉的，有點興奮又有點害羞的樣子。

那隻幼小的猴子一直沒有長大。我看著他的眼睛，有點好奇。在他的眼中，我長大了嗎？

一起望向摩天輪的時候，是我覺得最幸福的時光。

現在我們看見

颱風前夕的下午，一尾前所未見的巨大藍鯨，正從城市的上空游過。

那時我正騎車在下午六點的車潮中艱難地前進。剛下過雨，車行經過之處都濺起細細的水花，黃昏裡紫金色的水花，此起彼落，綻放又凋謝，像是揮霍不盡的青春祕密。

青春的祕密是什麼呢？青春的祕密是我認真看待每件事，小聲告訴你，即使你不懂，但只要你在，且願意聽，一切就已足夠。巨大的藍鯨緩緩游過來了，輕輕擺尾，在輝煌的大氣裡，濺起霧和夕陽的光。只有我發現鯨魚了嗎？我慢下車速，鄰車一一超越我，斷斷續續濺起迷離的水花潑向兩側，像是一個個奮力

蝶泳的人。認真投身其中的時候，我們如何能夠不波及愛我信我、願意靠近的旁人呢？

鯨魚從很遠很遠的地方游來，所經之處的樓房，凹凹凸凸，都縮小了，襯著顏色深淺不一的雲影和彩霞，成為美麗的珊瑚。我在路邊停下車，站起來，想拍下這一幕，想打電話給女孩告訴她這些、以及我看見這一切時的興奮和……無助。該怎麼告訴她全部呢？我所敘述的恆是我從全部世界當中選擇的局部。藍鯨現在正經過我們城市的上空，或許是因為背光，腹部一片黯暗，但更顯得寬大能容。不知道沉浸在黃昏當中的巨大藍鯨，身體其他地方現在是什麼顏色？我甚至無法拍下整隻藍鯨，又怎麼可能用語言捕撈他和與他相關的種種，然後全部告訴另一個人呢？

或許是不可能的吧？我放下手機，突然想起在很久很久以前，女孩曾經很開心地告訴過我，她昨晚夢見一尾很大、很大的鯨魚。「真的！他就這樣從我頭頂上游過，我還揮手向他打招呼，我想啊，他一定會記得我的──」

比我們所想像的
更龐大也更美好
的夢想，
曾經觸手可及。

不要忘記啊，比我們所想像的更龐大也更美好的夢想，曾經觸手可及。我仰起頭，看著巨大而深情的藍鯨，覺得非常疲倦、惋惜，但更多的全是快樂。我們如此幸運，得以一次又一次，孤獨地遇見那樣不被理解、不可思議而近乎奇蹟的美麗。

與更小的我一起前進

狐獴排排站在路口，小小的個頭，有時縮下身子，但大多時候都好奇地踮腳立著，非常努力向遠處眺望。

剛過正午，通往捷運站的六線道路口空無一人，金黃色的陽光穿透清澄的風，灑落下來，整座城市都散發著溫熱的光，柏油路上的分隔線與交通標誌彷彿燙了金似的，教人不能直視。長長的大路通往光的深處。我舉起手擋在額前，瞇眼去看，乾燥的空氣讓我忍不住揉起眼睛，眨眨眼睛，直到流出淚來。路的盡處，是不是一面粼粼發光的湖呢？

那是太遠的地方了。眼前，我只知道隔著大路的對面，是綠洲一樣植滿果樹與向日葵的草地，草地之後是起伏的丘陵，在丘

陵與丘陵之間，有一處長年不歇的噴泉，泉水落下的地方，形成美麗的瀑布。我非常喜歡這裡，喜歡得幾乎要武斷認定「這就是整座城市泉水的源頭了」那樣喜歡。小小的狐獴們在我的腳邊騷動著，偶爾彼此唧唧交談，以我不太明白的複雜聲音，像是某一種祕密保留至今的古老語言。我仔細偷聽，在心裡快速整理歸納其中的規律，雖然還是不明白，但或許是那樣試圖理解的意念使然，一時好像也覺得，那聲音裡頭，似乎有著某種我所熟悉的誠實和美滿。

遠比我們矮小、軟弱的狐獴，難以理解、運用著複雜語言彼此溝通的狐獴，心裡也有著與我等高等重的渴望、想像、愛和信賴吧？小小的身體裡，是什麼豐沛的能量支撐著這些巨大的東西呢？狐獴繼續唧唧交談，頭頸轉來轉去，偶爾仰起臉來看我，以一種好奇、質疑的神情，對我說。我什麼也不懂，但我也認真看著狐獴，那對美麗的黑眼睛裡面，有著深深的、想要託付祕密的善意。

街口的燈號轉綠。但小小的狐獴們還原地打轉著，各自說話，

裹足不前。焦慮地東張西望，亢奮，且顯然是有些憂慮的。

此時路口沒車，再不過去的話，等等又要變回紅燈了。走吧，嘿，走啊，這是最好的時刻了。我彎下腰，輕輕催趕著狐獴，但似乎沒什麼效果，好像在水中試圖推動水流，引起的只是騷動。走啊，走吧，我輕聲說著，盡量克制自己不推逼他們，不提高音量，不說出「再不怎樣怎樣就會——」這樣的話，但是⋯⋯

夏天的風忽然吹過，好像一隻溫暖的大手，沉默推了推我。小小的狐獴們嘩地一下往前跑去，像是奔馳的溪流。我跟在狐獴隊伍的後頭跑過路口，覺得充滿了快樂、熱情，以及偷偷慶幸的情緒。

夏天好像真的來了。往後，也要這樣一起努力才行啊。

那對美麗的黑眼
睛裡面，
有著想要託付祕
密的善意。

琥珀一樣守護

我聽過那一帶的各種奇異故事，不只一次。

現在那裡是一片公園了，範圍頗大，有起伏的坡地和樹林，細細的人造小溪。但以前不是這樣的。小時候聽說那是古老的刑場，從前槍決人犯的地方。也有一說是埋葬死刑犯的地方。細節不多說了，總之是極兇之地，繪聲繪影說得非常可怕。記得那時有同學在課堂上問過老師這件事情：是因為這樣，罪大惡極的人成了兇戾的冤靈，才有那麼多驚悚的傳說嗎？老師帶著複雜的笑容，抿嘴停了一下，說，不是你們想的那樣。

班上躁動著，有同學眼睛發亮舉起手，追問下去，可是書裡寫了啊，書裡說，那些靈，惡狠狠的魂魄，是這樣來的吧。

老師收起笑容，從講台上俯身看著我們，慢慢地，一個一個字說，不是書裡說的那樣。全班安靜下來，即使是坐在教室最後面的我也被嚇到了。那一刻的老師，顯得非常、非常巨大。

或許是因為這些充滿陰影的往事，每回走到這裡，總覺得心裡不安，即使我已經長大了，但每每經過，心跳和呼吸還是不由自主急促起來。這天也不例外。連日大雨之後，摸黑出門晨跑，越過交叉路口，來到那片據說數十年前才從刑場或墓地改建成的公園外圍。園裡的路燈不知為什麼大多壞了，少數幾盞勉強亮著的，斷斷續續，在隨風搖晃的樹後閃爍著。我繞著公園外圍跑完幾圈，抄近路走過灌木叢間的縫隙想回家，天色漸漸泛起了淡淡的青白色，經過坡地上的樹林時，突然聽見不遠處低沉、濁重的呼吸聲。

好像是動物的聲音。我停下來，站在樹林外緣，有些緊張，四下張望想看清楚，一轉頭，在後方較低的坡地上，赫然看見一隻放低身子、正緩慢前進的虎。

他真的看不見我嗎？
或是遠方有更吸引
他的事物？

非常驚人的巨大的虎，比動物園裡所見更大許多，微微拱起背，放輕了腳步，正向著我的方向潛行而來。

那是狩獵者的姿態。我急忙躲到樹後，背靠著樹，腿軟半跪下來，想盡可能藏住自己。但那是不可能的。隔著低矮的灌木叢，只要稍一回頭，我就能清楚看見那隻虎正朝我逼近，睜著眼，鬍鬚微張，目光灼熱地瞪視著我的方向，但似乎——似乎並沒有看見我？虎的目光確實向著我，卻聚焦在我身後非常遠的地方，彷彿我並不存在。

這是非常奇怪的情境，我和虎，好像身處在兩個意外交疊的平行時空。我確實看見他了，嚇壞了。但他卻好像只能看見我身後更遠處、某個讓他非常著迷的事物。

已經來不及逃跑了，我把身體壓得很低，盡可能低。虎慢慢向我的藏身處走來，身上的毛皮在漸漸亮起、曖昧的天光裡溫和發亮，黑色的條紋看起來像是深深的傷疤，一道道幽深的裂縫。是心理作用的關係嗎？隨著虎越靠越近，我明顯感覺到虎正不

成比例地變大。

不是那種隨著距離變近、視覺上的「變大」，而是真的變大了。
虎來到我藏身的位置後方時，感覺已經是象的大小。巨大的虎
頭幾乎與跪立著的我一樣高，僅隔著一棵樹，就抵在我的背後。
我幾乎不敢呼吸。虎停了下來，就在我的身後，靜下來，像在
等待什麼——或者是在躲避什麼？他真的看不見我嗎？或是其
實他都看見了，但在遠方有另一個更吸引、更令他在意的事物？

天漸漸轉亮，這是我經歷過最漫長的清晨。不知道過了多久，
在天色破曉的前一刻，虎突然動起來了。我能感覺背後捲起了
一陣海嘯大浪似的聲勢，虎快速往前撲出兩步，攀上坡地的高
處，就這樣穿過我——像是我們不存在同一個時空那樣，巨大
的金黃色身軀像一陣強風那樣掠過我，我瞬間落在虎的身體中，
但卻毫無感覺。黑色的裂縫籠罩在我四周，我像是被吞噬掉了，
被關進由黑色虎紋架起的獸籠，巨大的虎的肚腹中。

但那只是幾秒之間，太陽越過遠方的樓房，日出了，城市一下

被注視的我，
感覺到某種
難以敘述的祝福
和寬容。

變得清楚，陽光直直朝我和虎的方向射了過來。巨大的虎站起身，弓著的背頸終於鬆懈下來，離開了我——整個身體離開了我，我像是被產出似地遺落在原地，虎則繼續往前走去。

迎著陽光，虎沒有縮回原形，卻變得更巨大了，他繼續走，走進樹林，頭頸幾乎高過樹冠地站立著，然後在完全沒入樹林之前，慢慢回過頭，貓咪一樣深深地看了我一眼。

我不懂那是什麼意思，但迎著陽光，心裡覺得非常膽怯、迷惘，卻同時覺得好像被照看、被保護了。

虎輕輕閉上眼睛，再睜開，注視著我。那神情像是一個傷痕累累、疲倦失望的老人。

但被看著的我，卻感覺到某種難以敘述的祝福和寬容。

緊跟著我們的列車

窗外那匹黑色的馬一直跑著，緊緊跟著我們的列車。

出發時還沒有見到那匹黑色的馬。改建過後的車站採光大不如從前，昏昏暗暗的月台上，都是人，急急忙忙的人，以及急急忙忙的人的影子。我上了車，隔著車窗漠然咬著三明治，靜靜看著窗外，細細地嚼，吐司，蔬菜，起司的口感，先是各自的味道，然後是混雜在一起的淡淡的甜，很難形容的甜味，然後是甜味後頭淺淺的苦味。窗外人影雜沓，實在分不出來這個人與那個人有什麼不同呢？月台上所有人都心不在焉，一個人走得比另一人更快，每個人都在趕路，我覺得有些感傷，又好像只是有些無奈，列車靠站，剛剛的旅程結束了，在趕往下一段旅程的同時，難道都沒有人覺得不捨嗎？

那時還沒見到那匹黑色的馬。列車離站，開始加速，人群消失了，陽光譁然灑了下來。我坐在列車背光的暗面，縮進椅子中，偶爾分心望向對面座位的窗外，日光燦燦，覺得自己像是本能向光的小動物，或植物。而在我這側的窗外，則是緊密的透天矮房，過了樓房之後，是緊密靠近軌道的樹木，列車的影子斜斜落在後頭。下午了，太陽就要下山，我轉身往回看，看見我們的影子越拉越長，越落後越多，好像就要被我們擺脫了。

就是在這個時候發現的，那匹黑色的馬緊緊跟著我們。稍稍低著頭，賣力、甚至應該說非常吃力地跑著，拼命跑著，追趕著我們的列車。我貼著車窗往回看，呼吸在窗玻璃上留下淡淡霧氣，霧氣中，好像能看見那匹黑色的馬溫馴平靜的眼睛，即使是這樣全力奔跑追趕的時候、卻仍然溫馴平靜的眼睛，心裡很替他擔心。這是長程的對號快車，那匹黑色的馬要跑到什麼時候？他不累嗎？這樣一點都不休息地跑下去，負荷得了嗎？

穿過樹林、鄉村與城鎮，鄰座的媽媽和小孩從咿咿呀呀對話，到放聲哭泣，到現在彼此抱著、小貓小狗一樣睡著了。列車還

在前進，絲毫沒有放慢速度休息的意思。那匹黑色的馬落後得更多了，不知道是不是車窗上沾了更多霧氣的關係，現在模模糊糊的，看不清楚了。我不知如何是好，或許是有些焦急吧，拿起手機往車廂間走去，想要撥給別人，想說話，什麼都好，誰能聽見都好，但電話才剛一接通，列車就轟隆一聲鑽進了隧道中——

喂，喂喂，聽得見嗎？我搗著耳朵，大聲地說，但手機訊號漸漸轉弱，斷斷續續，勉強僵持了一陣子，終於完全斷訊。車廂內一片黑，列車行駛的聲音大了起來。我閉上眼睛，聽著鐵軌柯勒、柯勒、柯勒的聲音，漸漸平靜了下來。

這麼多年了，我們都抵達自己想去的地方了嗎？我們追上自己拼命追求的夢與理想了嗎？列車外持續傳來柯勒、柯勒、柯勒的聲音，越來越近，越來越近。我張開眼睛，轉身靠近車門，看見那匹黑色的馬縮得小小的，變成黃昏一樣的金色，在我的心裡，終於跟了上來——

這麼多年了，我們都抵達自己想去的地方了嗎？

列車在黑暗裡繼續前進。但這只是暫時的。很快，隧道的出口
就在前方了。

現在我們來到這裡

「這就是我們的城市嗎?」

剛走出電梯時還不太能相信,站在窗前往下望,萬家燈火,星星點點,各自發出溫暖的光。摘下眼鏡,再重新戴上,整個城市在腳下細細密密地展開如無人整理的野草地,花朵露水,小蟲與小獸的眼睛,在夜裡高高低低地亮,光是看著,就給人溫柔卻又牽絆疼痛的感覺。

這就是我們的城市啊。我茫茫然想,轉身離開電梯前的落地窗,走向另一側的露天瞭望臺。這裡是城市的最高處,摩天樓上闢出了一層,專作觀景的生意,裝潢簡單,播著爵士樂,吧檯那邊也賣一些酒精飲料,但空氣裡瀰漫著的卻是薄荷的氣息,有

人輕輕搖頭晃腦，不算是跳舞吧？比較像是陶醉地講著什麼大道理。或許是擔心影響觀景，室內的燈光特意調暗了，看不太清楚腳下的動靜。我有點緊張，隨手掏了口香糖放入口中，一邊嚼著，小心翼翼繞過人群，聽見此起彼落、壓低音量的談笑聲與小小的驚呼，像是流星。

隔著流離光影，彷彿受到感應一般，我看見了羊，徘徊在通往瞭望台的門前踏著腳步，閃避小跑步經過的興奮人群，有點手足無措的樣子。

那幾乎也是我的樣子。只是我已經學會不將那樣的自己顯露出來了。我將手插在口袋裡，走過去，輕輕拍了拍羊，推開門，帶著羊走上露天的瞭望台。秋日的第一波冷鋒剛過境幾天，這是鋒面與鋒面之間稍稍回暖的日子，乾燥、和煦而沉靜，走在涼意淡淡的夜裡，格外有一種時間悠長的感覺。瞭望台上此刻一個人都沒有。我低頭看了看羊，羊則轉頭望著門內說話調笑的人群，偏了偏脖子，眨著善良的眼睛。哎，所以大家上來瞭望台，不是為了看夜景嗎？

有些事情是必須慢慢回答的，急著想知道結果的話，很容易誤以為那些問題沒有答案。我與羊呆了一會，才回過神，轉身往前走。瞭望台不大，不多久我們就來到瞭望台的邊緣。晚風呼呼盤桓，風勢不大，但有力量，好像氣鼓鼓在質問靠著欄杆向下望的我們。但問什麼呢？羊不由自主地往我靠近了一些，兩耳平貼，什麼都接受了的樣子。風持續吹著，給人壓迫、催促的感覺，像是懊惱但沒有惡意的人衝著我們自言自語，一開始有點嚇人，但其實就是不擅言詞又忍耐太久，急急說著委屈的話罷了。

口香糖在我的口中散發著青草的氣味，讓我覺得我和羊非常相近，無害、樂觀，但也因此格外壓抑。我們都是被城市好好豢養著的那種人。每天專心生活，每天努力和人笑著互動，進退得宜，希望被喜歡，偶爾才流露出一點關於小花雜草的心碎難過。但我們真是溫馴的嗎？還沒長出犄角的我們，真的是善良的嗎？

什麼是善良呢？我在羊的身邊盤腿坐下來，輕輕摸著羊的前額，

小聲說話，假裝那就是我的羊。還好嗎。一切都還好嗎。羊瞇了瞇眼睛，轉過頭注視著我，我能清楚看見在羊眼中的自己：黑漆漆、圓圓的，彷彿魚眼鏡頭所拍下的我，平凡溫和的笑容，彷彿沒有脾氣，寵物一般帶著有點可愛的滑稽感，但那樣深邃的黑裡頭，好像又透露著什麼流動的、難以捉摸的東西。

這是一個溫暖的城市，住在這樣溫暖的城市裡，我應該成為一個溫暖的人。我一直是這樣告訴自己的，只是站在起風的高樓瞭望台上，難免有些猶豫和脆弱。我看著羊，羊的眼睛是濕潤的，很深很深，每一次眨眼，都像就要流淚了。羊也有沮喪的時候嗎？站在這樣的高樓上，會不會也想起什麼傷心的事情？以前曾在電視的動物頻道中看過和他外型相仿的同類，憑著不可思議的攀岩技巧，一意爬上陡峭的山坡。為什麼爬那麼高，我已經不記得了，應該不外乎躲避天敵或者覓食，還是……還是也和人一樣，有什麼說不出來的理由呢？

轉身看看隔著一段距離的玻璃門內，曖昧柔軟的聲色和人群，都不清楚了。隱隱約約的音樂和燈光，似乎離我們非常遙遠。

秋的夜空好高好高，彷彿沒有盡頭。

整個秋天，好像只剩下羊和我了。羊站在上風處，晚風吹著他
的鬃毛，輕輕碰觸我，好像非常寂寞。不知道為什麼，那若有
似無的觸感，卻給了我巨大的安慰和溫柔。

住在這樣溫暖的
城市裡，
我應該成為一個
溫暖的人。

朝著我們的方向而來

已連續幾晚聽見那樣的聲音了。我警覺地翻身下床，揉揉眼睛，鼓起勇氣，輕手輕腳走到窗邊，看見犀牛正踩著重重的腳步，緩緩朝著我們的社區而來。

離家多年，搬回這裡也只是最近的事。我們所住的社區位在小鎮邊緣，十餘年前還是這一帶最新的建物，但真正住進來的人並不多。說是社區，其實只有房子而已。這鎮正悄悄地沒落，人口外移，學校減班再減班，最後也遷到鄰近稍大的城市去了。現在鎮裡住的多是退休老人，和少少的貓狗，守著越開越早的黃昏市場。黃昏市場也越來越空了，幾次前去，已經無法遇見任何兒時的玩伴，人少了，安靜下來，巨大的晚風穿過黃昏市場時，一攤攤翻掀著帆布，像是無心的孩子們，剛放學，嘩啦

啦跑過去，邊跑邊長大，模模糊糊的影子乘著風膨脹起來，夜晚就降臨了。

我很喜歡這裡的夜晚。說喜歡其實不太準確，該說是好奇中帶著畏懼，是那種孩子喜歡聽大人說歷險記一樣的喜歡，不論是從前，或現在。入夜的住宅區少有人行，街燈少，關得又早，小時候我喜歡趁夜爬上頂樓，坐在斜頂造型的天台上看星星。人車與燈光稀疏的地方，故事鬆懈了，星星與幻想便住了進來，聽著遠方蛙蟲的鳴叫，想像冒險犯難的事情。那是無能為力卻無比美好的少年時光，幼小的心臟在胸膛裡轟轟作響。

但現在不了。從遠方回來，歷經疲憊與耗損的人事洗禮，很多時候，我只是關在房裡跟自己生氣，或對著電腦疲於奔命地努力。很久沒有再上去頂樓，更不用說晚上了。從前我覺得夜是危險且充滿力量與祕密的，是很多很多斑斕的顏色一起轉到最濃最暗。但現在的我，這個疲倦心虛的我，好像總以為夜就是黑色，或甚至，就是沒有顏色的。

人車與燈光稀疏的地方，故事鬆懈了，星星與幻想便住了進來。

我想我是失望的，只是不知道為什麼這麼失望呢？這樣沮喪的心情直到最近才有了變化。每天晚上，晚到極晚、下一刻就將開始醞釀起早晨的氣氛時，就能聽見這樣獸類的腳步聲。今晚也是如此。從極輕極輕、彷彿細細的鼓聲開始，漸漸大起來，穿越漫長無聊的公路，可能來自非常遙遠地方的犀牛，踩著悶雷一樣的腳步，一直走進社區四周的泥地裡，徘徊逗留，以厚實的肚腹摩擦著水泥牆壁，來來回回，慢條斯理，發出海浪拍打在沙地上的聲音。

前幾天都不敢下床查看，這是我第一次鼓起勇氣走到窗邊。犀牛住在什麼地方呢？犀牛為什麼大老遠來到這裡？靠著窗戶往下望時，我反覆想著這些，但一時不敢下樓去看。身軀龐大的犀牛在泥地裡走動，重而沉穩地喘著氣，分不出來是生氣，上氣不接下氣，還是終於鬆了口氣。夜太深了，什麼都看不清，我只能隱隱約約分辨出犀牛的輪廓——甚至連輪廓都分辨不太出來，也不知道到底有多少隻、佔了多大的範圍。該不會整個小鎮都被包圍起來了吧？由遠到近，都是那種低聲呼吸、沉默踩踏的聲響。彷彿整個夜晚就是一隻巨大的犀牛，危險，純良，

性情溫馴但仍有野性，充滿不問是非、全憑直覺的樸質的力量。難以辨認的龐然大物，夜裡遠道而來，到底是為了什麼呢？

聽著這樣的聲響好幾天，第一次親眼目睹一切——甚至還不能說是目睹吧？我得再等等，期待天亮的時刻。天亮以後，就都能看見犀牛了吧？我這樣想，時不時偷看手錶，螢光的錶針在犀牛走動的聲音裡緩緩繞行，篤定，像是某種不問後果的決心，堅忍而且確實地前進……

天亮之後就能看見犀牛了。但就在周遭的空氣開始滲進了光、泛著一點點鐵灰的色彩時，犀牛卻漸漸安靜下來了。

我有點緊張，跌跌撞撞跑出房間，穿過走廊，從另一側探出陽台想看個究竟，但晨間的小鎮此刻漫起淡淡的霧氣，迷迷濛濛，只能看到碩大的犀牛群晃動的身影，明顯仍在走動著，但聲音卻變得好輕、好輕……

犀牛漸漸消失了。趁著日夜交替、隔著薄薄的晨霧，不是漸漸

草葉上張著細小的蜘蛛網，網上沾著蜜一樣的露水，露水裡，各自盈著一個個小小的太陽。

變得透明而後消失那樣，而是顏色漸漸變深，漸漸調整，越來越接近深沉的背景顏色，越來越難以辨識，然後……然後隨著晨霧慢慢散去，默默地溶入景色中，完全消失了。

我急急跑下樓，來到犀牛最後停留的地方，但是什麼都沒了。泥地還是泥濘的樣子，但看不出有什麼曾經來過；較遠處的草坪也完好如初，有些草葉上張著細小的蜘蛛網，網上沾著蜜一樣的露水，露水裡，各自盈著一個個小小的太陽。

犀牛消失了。全無道理，毫無證據，與夜晚一樣龐大的犀牛群曾經來過這裡，真實而強烈，但只有我一人知道而已。我站在門口，面向我所見犀牛來時的方向，心裡卻有一點開心。說開心其實也不太準確，那樣的快樂裡，伴隨著失落卻又滿足的感覺，以及終於懂了什麼的神祕。

犀牛消失了，我也長大了。但有一種說不上來的感覺，我知道犀牛始終停留在那裡。

共同擁有祕密

這是從前系上學姐告訴我的。校園前門的水池裡，飼養著許多小小的鯨魚。

那水池就在校門口進來不遠處。小小的池子，卻能噴出燦爛繽紛、高低起伏的水舞，而且每年都有不同，襯著自然光或夜間的燈色，算是小有名氣的地景。

學校總說那是噴水池，但其實不是的。全是鯨魚的關係。每到節慶，清晨時分，當工友先生打開噴泉的開關，小鯨魚們便會從池底紛紛浮起，靠近水面，噴出灼熱的氣流。

那便是每到節慶、或者外賓蒞校參觀所看見的水舞了。

學姐神祕兮兮告訴我這個祕密時，我們正走過清晨的校園，濃重的霧裡，無人打掃的落葉積滿了步道，只在我們走近時露出曖曖顏色。期中考剛過，整個校園都處在非常無聊鬆懈的狀態裡。我們順著步道走下來，正要經過池邊、往教學大樓走去，水池裡，突然滾動起小小的氣泡。學姐停下來，比了個手勢，說，是鯨魚，他們練習的時刻到了。

簡直難以相信我所見到的景象。滾滾氣泡與水沫中，真的浮出了許多鯨魚——就是那種和野生鯨魚、一般水族圖鑑上一樣的鯨魚，只是縮小了好多好多，只有一個拳頭大小，身體尾鰭俱全，皮膚光滑得彷彿是翻騰水波的一部分，乍看之下顏色是迷人的黛青色，但仔細去看，又各有不同，有些是鐵灰色的，有些是墨綠如苔的顏色，有些在光線的折射下，甚至帶著黃褐色或紫紅色……

小小的鯨魚群在水池中擺動著鰭，四散游動，但並不顯得混亂，反而像是什麼充滿機鋒的抽象暗示。相較於我們所知的巨大鯨魚，動作並未因縮小而變得靈敏快速。不知道是不是因為太過

驚訝、久久注視的關係，總覺得他們並沒有變小，而只是世界變得更大了，鯨魚還是鯨魚，緩慢擺動著鰭，仍保持著非常大氣的游動方式，每一個動作，都仍然充滿了龐然大物的自信。

好浪漫啊。還記得我忍不住這樣說。

那是第一次見到噴水池裡的鯨魚，什麼都沒發生，我和學姐趴在池畔，漫長地等了一節課的時間，下課鐘響上課鐘響，但鯨魚遲遲沒有噴水，只是親暱地彼此繞著圈圈，一個迴旋兩個迴旋。學姐說那是走位的練習，但怎麼看都像跳著迷人的舞啊。濃霧完全散去之前，鯨魚就又沉回水底了。

現在想來，那應是最迷人的關係，無論是我與鯨魚的關係，或是鯨魚們之間的關係。

後來不論什麼時候經過噴水池邊，我總放慢腳步往池子裡看。但水面總是靜悄悄的，毫無動靜。

第一次見識到鯨魚噴水，又是數個月以後了。冬日寒流過後的

隔著時間空間，
讓我們仍覺得
彼此相連。

一個傍晚，路上行人們都裹在自己的大衣裡，呵出淡淡白霧，像是某種非常含蓄的問好方式。我獨自一人經過噴水池邊，正要趕赴社團的期末聚餐。習慣性選了靠水池那側的步道走，經過噴水池時，很自然地往池中看了看。果然什麼都沒有。剛剛收回目光轉身要離開水池，就聽見熟悉的氣泡聲。

小小的鯨魚群就這樣出現了。我非常興奮，抬頭四下張望，但附近一個人都沒有。今天是什麼特別的日子嗎？鯨魚們又繞起了與上次類似的隊形，但比上次所見更快，偌大池中像是同步寫著無數個象形的大字，美而急切，快速傳達著什麼訊息一般。突然間，所有鯨魚停了下來，圍成一個圓圈，噴出了巨大的水柱。

嚴格講起來不能說是水柱，噴出的水夾雜著水與霧，是美麗的倒錐形狀。那瞬間是一片空白，不知道是情緒無法跟上眼睛，或是眼睛無法跟上情緒。水柱映著一旁裝置藝術和路燈的光線，隨著鯨魚的游動轉移位置，像是一朵傍晚裡快速抽長盛開的花。

我低頭往池裡看，發現鯨魚身上的顏色漸漸變淺，並從水底下浮出水面，最後甚至像是充氣的洗澡玩具那樣漂浮在水面上，幽靈一般晃盪著。黑暗的夜色慢慢淹進鯨魚體內，不知道為什麼，似乎帶著一種很令人安心的感覺。

那也是我最後一次看見噴水池裡的鯨魚了。

學期結束又開始。春天來了，學校如常運作，走在校園裡，無數次經過噴水池，但再也沒有見過鯨魚了。一次和系上的學弟妹站在教學大樓的穿堂聊天，又遇到告訴我鯨魚祕密的學姐，抱著學士服學士帽，正要回班上去。

我有點遲疑，不知道要不要跟她說鯨魚的事情。我不曾跟人講過鯨魚的事情，多少是有點怕被當成怪人。況且我再也沒有看過鯨魚了。

學姐走了過來，完全沒提鯨魚的事情，只是喊熱，什麼都顯得寬闊遙遠的晴天裡，我們一群人站在春風來來回回的穿堂聊天，

雖然不曾
再見了，
但有些事情我們
共同經歷。

不知道為什麼仍然大汗淋漓。陸陸續續又有系上的人經過我們、靠上來一起聊天，不知不覺，就圍成了一個圈圈坐下來，像是和研究所學長姐們一起上的討論課那樣，又像是系上球隊比賽暫停或賽後的戰術檢討那樣，或者，也像是——我的位置正面對著學校的大門口，能遠遠看見鯨魚所在的那個噴水池⋯⋯

「學姐你們畢業典禮的時候，噴水池會有新的表演吧？」

忘記是誰突然沒頭沒腦地說了這樣的話。我看看大家，所有人都友善笑著，學姐也笑著，轉過頭看了我一眼，好像什麼都理解，好像所有人都彼此理解。

那是我最後一次見到學姐了。上課鐘響，大家草草說了再見，一哄而散，大樓裡各自上課去了。就是那種非常年少、充滿信心一定會再相見的道別方式。

那時我沒有多說什麼，他們也是，現在想來也不遺憾。偶爾網路上誰嚷嚷說著要回去學校了，附上照片，總會拍到大門口的

噴水池，在校的畢業的大家全在底下七嘴八舌的留言，比較誰最念舊誰最欺師忘祖，學長姐們說著有空一定要回去，挑一天回去，最好是一起回去。學弟妹們說著好哇好哇，快來快來，一起去看噴水池的水舞。

看著這些留言，總是有一樣的感覺。雖然不曾再見了，但有些事情我們共同經歷，隔著時間空間，那些生命裡迷人的公因數們，讓我們仍覺得彼此相連，好像永遠都能再見。

比如說噴水池裡的鯨魚吧。不論別人知不知道鯨魚的事情，我都覺得，鯨魚是我們共同的祕密。

那些生命裡迷人的公因數們，讓我們好像永遠都能再見。

或許有路

那隻小鹿沿著山徑往上走，時不時停下來，嘴裡嚼著草葉，眨著眼睛，神情像是一個好奇的少女。

但只是一恍神，鹿就不見了。這是尋常周末踏青的近郊小山，從主要健行步道岔出去的一條小路，因為地勢較高，視野更好，加上知道的人不多，沿途草木都保持自在、茂盛的樣子，想要靜靜走路時，我有時便選擇往這裡走。或更像是往這裡躲。但走了許多回，從沒在被白芒花淹沒的小徑中，遇見那樣一頭小小的……鹿？

應該是鹿，也可能是其他小型的同類動物，獐，或山羌，我無法確定。轉眼間，「鹿」已經消失在山邊靠河的芒草叢中了。

我走到剛剛他所在的位置，找了一陣，判斷可能是再往坡地外側去了，便離開原路，小心探著腳步往下走，越走著，視野漸漸開闊了起來。

這是山徑中一個稍稍突出的地理部位，像一個小崗，是我未曾到過的地方，心裡有點興奮，又緊張，走到坡地邊緣，探頭再看，山間應時的白芒花在風裡波浪一樣擺盪著，彷彿雲霧湧動；更遠處，能遙遙看見登山口一帶，小小的人們在山下細微地走動，像是蟲蟻；離開山腳，再過去一點，是工廠巨大的煙囪，矗立在曾是農村的平原區域，吐著滾動的煙，給人一種正努力趕製著白雲的錯覺。但那當然不是真的雲。隔著那麼遠，迎著風，我仍能聞到煙雲中，隱隱飄散著火的氣味。

那隻小鹿不知道往哪裡去了。

我退出突出的那一小塊高地，猶豫了一下，決定繼續尋找那隻鹿，但茫茫草木四下擋住去路，走著走著，雖然方向應該是對的，我卻有一種迷路的慌張感。距離原路已有一段距離，距離

鹿是溫柔的、小小的神明。

剛才看見鹿的時間，也已經過去好久。若鹿不是往我所預測的方向走，應該是來不及了。是不是來不及了呢？

這一帶是少見不喜歡鹿的地區。聽過不同的老人家說，更古早的時候，前人就留下警示：如果在這裡看見鹿，聽見鹿的哀鳴，便會遭致厄運。什麼厄運呢？老人布滿皺紋的臉看不出表情，語言在臉面的紋路裡遲疑地流動：呦呦、細細的鹿鳴，會帶來毀滅的大火。

其實並不相信這樣的傳言，但這時在芒花芒草中迷失方向，聞著風裡的火的氣息，心裡確實有著不安的感覺。我側身撥開茂盛、幾乎推擠著我的草叢，繼續往前走。地勢越來越高，漸漸接近山的稜線，身邊草木似乎也不若一路所見的高了，長年季風吹襲，大多只到人的胸口。像是一張緩緩攤開的紙，山外的景色完全呈現在眼前，已經可以望見遠方人群聚居的大潭，在冬季的日照裡，反射著平和的金光，如有神諭。

水在那麼遠的地方，但我眼前急急尋找的，是人人避之唯恐不

及的火的詛咒。

為什麼認為鹿會帶來毀滅的大火呢？回想成長過程中所看過的鹿，每一隻、每一種鹿，那些慧黠、敏捷的樣子：野地裡頂著大角張望的時候，像是枯樹精靈；林蔭間曲膝休息的時候，像是寂寞的靜物；有些身上綴滿斑點，彷彿擁有了所有星座的神話故事，轉過身，慢慢兜圈踱步時，那是一整個宇宙縮小了，在注視的眼睛裡，一個銀河系輕輕轉動……

鹿是溫柔的、小小的神明。將我所知道的鹿想過一回，我在心裡下了這樣的結論。若伴隨著鹿出現的，是毀滅的大火，我寧願相信鹿是敏銳而不忍地察覺了這些，呦呦的鳴叫，其實是先知焦急的警告。

鹿早早察覺了命運一般即將降臨的災厄，微弱發聲，警示我們。但我們卻以為那警示我們的聲音，是災厄本身。

邊想著，越過又一個路彎，來到山的迎風面。白芒花在突然加

在注視的眼睛裡，一個銀河系輕輕轉動。

劇的山風中俯仰，迎風帶來更濃的火的氣息。我抬起頭，在遠處的山尖附近，終於看見了那隻小鹿。

找了好久的鹿，現在就在眼前，但與我的距離拉開更遠了。他站在崗上，那是我遠遠追趕不及的地方，也是這山最高的位置了。

我停下腳步，放棄繼續追上鹿，隔著更遠的距離，遠遠望著他，心裡卻沒有氣餒的感覺。鹿就在那裡，彎著頸子，望向別的地方，背後是大片絢麗的黃昏，互相暈染的顏色，彷彿抽象的、定格的火，幾乎不是真的。他尋找著什麼，四下嗅聞，突然立起頸子抬頭，轉身朝著我、也是山下望去。

那是平常每一天，燦爛日出的方向。

龐然大物

夜裡走過靠近港口的長橋,橋下波光粼粼的河面上,發現了彷彿沉船一般的龐然大物。

沉沒在河中的大物露出背部,月光下泛著金屬光澤,像是隆起的脊骨。粼粼的水波輕輕推向它,再返回,彼此交錯。那讓我想起博物館裡示範聲納如何運作的古代海洋生物模型。靠近它四周的河水波紋格外紊亂,光影蕩漾,小浪湧動,好像有什麼隨時就要浮出。

聽說為了疏濬河道而開來的怪手與重型機具,現在還浸在漲潮的運河道裡。那該不會也是怪手之類的工程機械吧?但似乎比怪手大上許多。況且,怪手真的能直接這樣駛進河道裡嗎?我

有點懷疑，目光沿著河岸搜尋，遠遠看見施工處用圍籬架起的區域，水淺淺的，抽水馬達已停止運作，但裡頭空無一物。

彷彿巨獸一樣的大物只微微露出一部分在水面上，水下體積難以想像。只知道確實是龐然大物，很穩定地停留在河央，就在越過運河的橋下，距離橋墩不遠的地方。水波中，或許是燈光倒影的錯覺，偶爾似乎也會隨著波浪晃動一下，又一下。

那會是傳說中的水怪嗎？

已經很多年沒有聽說這樣的事了。童年的時候，聽過兩個不同的版本，故事給我的感覺很像，但情節是相反的：在城市港口附近、河海交界的地方，早年大港開通以前，曾經發生過許多事情，一個版本是會迷惑人、拉人下水，另一個則是人們想方設法要誘捕上岸。兩個故事都毫無根據，但都令當時的我深信不疑。好奇與恐懼就是全部的原因了。一個關於水鬼，另一個則是水怪。

現在想起那樣的傳聞，不禁緊張了起來。真的會有水怪嗎？我小心將上半身探出橋去，向下俯視，或許是因為重力的關係，感覺自己離「水怪」好近好近，彼此只是一個翻身的距離而已，得非常用力撐住橋的護欄，才能免於墜入那樣巨大的不安。

但那也只是我的感覺而已。事實上，「水怪」始終停在那裡，近乎靜止，難以一窺全貌。橋下的河沉浸在更寬闊的黑夜裡面，風吹過來，水波層層疊疊，像是一本散亂的舊書。我覺得自己好像站在巨大的知識體系生物圖鑑之前，攤開的這頁之下，林林總總不知道還記載著、存在著什麼。這個世界上，那麼多的河流大港，近海遠洋，怎麼——怎麼可能完全沒有水怪呢？

我拉回上身，轉身小跑步下橋，想從河邊靠近一點。我想親眼看見水怪的樣子，或許我會是城裡第一個看見水怪的人。橋邊的公園步道有許多散步的人，情侶，爸媽與小小孩，彼此說話，練習騎車和溜冰，沉浸在各自的世界，每個人都很快樂的樣子。沒有人注意到河中那龐然大物，又或許是沒有人在乎。我與他們錯身而過，邊跑，邊想起從前為了確定「到底有沒有水怪呢」

離開之前
渴望離開，
離開之後
渴望回來。

而日日去圖書館翻書、瘋狂閱讀各種水怪故事的日子。

現在想來，或許我也不是那麼在意有沒有水怪。或許我只是著迷於尋找某種未知之物的感覺。我也不在乎那些試圖證明水怪存在的推論：聲納探測，魚群減少，生物痕跡。很多時候，我在意的好像是：還有人相信水怪是存在的嗎？還有沒有人願意承認，我們仍有無法理解的事情？比起已經知道了什麼，我更渴望的，是想要知道什麼的那種欲望。

不只是水怪，或許我更在意的是我自己。想要站在沒有前人抵達的邊界，為了重新命名世界，發明新的詞彙字眼，懷著好奇與恐懼，繼續努力前進……

跑過小公園，往河邊的步道跑去，已經可以聽見水波拍擊河岸的細瑣聲響。這時河中正巧有巡邏的快船駛過，船尾帶起的浪，和風，一陣陣湧過來，伴隨著淡淡的、不知從何而來的煙味。好像某一段特別迷人的時代，忽地迎面而來，讓你分心恍神，即使只是一瞬間──

浪頭過去，水面恢復平靜。原先露出水面的……水怪，竟然就不見了。

我有點錯愕，快步跑到岸邊，沿岸來回走，探出身去，往河中尋找。但真的不見了。原先浮出水面的那個東西完全消失了，所在之處波紋蕩漾如常，粼粼發光，沒有一點異狀。但不知道是不是心理作用的關係，總覺得河央不遠處，似乎有一龐大的水下暗影，比夜裡的河水更暗，正悄無聲息地晃動著，完全不著痕跡，一點波紋也不掀起，快速向港口的方向移動。

河水靜靜流著，出海口就在不遠的地方，那是我們都熟悉的港口，輪船貨櫃作業區，機械懸臂充滿力量地矗立在遠方的天空中，夜裡燈火通明，持續緩慢工作著。從河這端遠遠望去，隔著淡淡的霧氣，像是善泳的巨獸群在那裡悄悄上了岸，坐下來，圍著營火，正壓低了聲音，低調而平靜地整理著隨身存糧，以及各種不成比例的小小家當……

如果真的有水怪，他或許也正往那個方向前進著吧？我收回目

比起「知道」，
我更渴望的，
是想要知道什麼的
那種欲望。

光，望向前方的河面，但連剛剛彷彿在河水中快速掠過的巨大黑影，好像也已經不存在了。更遠處，巨大的貨輪正準備要出港，鋼鐵般的龐大的意志，穿過寧靜而冰涼的港灣水域，不知道是從這裡出發要前往遠方，或是來自哪個遙遠的異國海港，終於完成了工作，正要離開這裡、通過大洋回家。

那也是曾經青春、不安、充滿衝動與熱望、摸黑逃家的我們，永遠無解的懷念與想像。離開之前渴望離開，離開之後渴望回來。海堤盡頭的燈塔閃著燈，像是指引方向的星星一樣。

如果真的有水怪，那樣龐大的水怪，在更巨大無邊的海洋裡，哪裡才是他真正想去的地方？

方向感

「那種游得很快的螢光小魚，叫做紅蓮燈。」女孩和我比肩站著，在水族店家高高架起的大玻璃缸前，平靜地說。

我沒想過會再次遇見她，尤其是在這麼多年以後，而且是在這樣的地方。搬到這個運河旁的舊社區後，生活比從前清靜多了，每天早上打開窗戶，都能聞到海風淡而甜的氣息；更遠的地方，海鷗三三兩兩拍著翅膀盤旋，偶爾掠過臨海的那排公寓，或防波堤盡處的燈塔，倏然拉高飛行的軌跡，然後在更遠的地方俯衝而下，消失在港區建築群的後頭。彷彿掙脫了什麼善意的挽留或攔阻、重新獲得自由，終得以墜入自己美麗而危險的命運裡——

除此之外，很少感覺到什麼戲劇性的事情了。城市建在港旁，但住宅區距離船隻作業的港區仍有一段距離。我喜歡沿著運河旁的小路散步，往河上游的方向走，經過早市，聞到時令水果的香氣，再過去一點，肉販和海產舖子的腥味往往引來流浪貓咪，仰著頭豎起尾巴，喵喵叫，彷彿向人喊價或兜售。

但我什麼也不買。只是低著頭，一逕望前走，轉過彎，繞過電影院，經過路橋，越過浮金碎花一般波光閃爍的運河，走過女孩從前所讀的中學，再過去一些，便是園藝花坊和水族店。

這都是我們以前喜歡的東西，多麼美好啊這樣的無用之物，手藝，花束，七彩飾品，翠綠植物，燦爛魚群。是從什麼時候開始不再對這些著迷的呢？我站在店家巨大的魚缸前，微微仰著頭看，恍惚想著，燦爛的小魚在玻璃缸中成群游動，敏捷極了，炫目得教人出神，全然沒有發現女孩靜靜來到我的身邊。

我與女孩多年不見了，曾經熟悉，無話不談，但如今已非常陌生，中間發生了什麼事，現在也想不起來了。她指著魚，好像

繼續這麼說，「這種魚膽子很小，受到驚嚇或壓迫的話，顏色就會變得很平淡，像生病一樣。現在這麼漂亮，應該是覺得非常安心吧。」

有一瞬間，我以為我們又回到彼此最有默契的那段時間了，敏銳又彆扭的青春期，一點點的了解，都是天搖地動。誤會當然也是如此。現在回想起來，「成長」有點像是長年海上漂流、漸漸習慣而不再暈船的過程，說不上學習，比較像是適應。

「這樣啊……」我注視著魚缸上女孩的倒影，糊糊的，或許因為玻璃品質、或是髒汙的問題，而微微有些扭曲。

女孩與我成長背景相近，個性卻很不同，是謹慎而內斂的那種人，看上去不太伶俐，但處事更清明，成績一直很好。上次知道女孩的事情是聽人轉述的，生病了，眼睛有點問題，看東西時畫面會輕輕顫動，像是隔著流水注視河底那樣，但只是偶爾如此，正常的時候又與一般人無異，彷彿什麼事都沒有發生。原先出國唸書的計畫全因此耽擱下來了。花了很多力氣釐清病

彷彿掙脫了
善意的挽留，
終得以墜入美麗
而危險的命運。

因，但檢查來檢查去沒有個所以然，醫生推測是天生如此。這說法太取巧了，真要這樣說，世界上又有什麼事情不是「天生如此」的呢？

我不知道如何回應女孩的話，或是她所遭遇的事情，只好又仰起頭，試圖忽略我們映照在玻璃缸上的倒影，將專注力重新放在魚群身上。不只是燦爛的紅蓮燈，還有缸中其他水生生物，小蝦和笠螺，其他魚種，此時此刻，都隨著水波輕輕晃動。打氣的幫浦噗噗運作著，注入過濾的清水，魚缸裡的生物們，全在過濾過的清水中這樣搖晃著。除了紅蓮燈。彷彿自外於浮沉動盪的水流，這些螢光小魚憑空在缸中游動著，時而忽然靜止，完全不受水波干擾，像是——該這麼說嗎？注視著他們時，我覺得那是一群命運輕忽無常的幽靈……

「好久不見，」我試圖對女孩說話，偷偷側臉看她，而女孩正從懷中拿出相機，舉起來，對著轉彎游向我們的紅蓮燈，輕輕按下快門。快門聲響的瞬間，螢光的魚群穿越玻璃缸壁，竟從明亮的水族缸中游出來了，就像飛行於深夜山谷當中的螢火蟲

那樣，魚貫通過店內陳列缸之間的走道，彷彿重新回到了首尾相連的原生河流之中，來回逡巡，整理隊伍。一陣騷動後，越過還在發愣、好像仍停格在照片當中的我們，凝止於琥珀當中的我們，向著店門口，唯一透露著陽光的方向游去——

時間似乎停下來了。我看見女孩笑了，很坦然的樣子，心裡一鬆，感覺某一部分長年堆疊累積起來的自己，也從牢牢嵌合膠著的地方，輕輕地碎散開來。轉過身，紅蓮燈逆著光游遠了，通過水族店的門口，逐一慢了下來，有一點猶豫，抵抗著什麼，又有一點退怯的模樣。

更遠的地方傳來大船的汽笛鳴聲，不知道是正要進港，還是出航。隱隱約約，好像有著什麼穿過透明的海風，終於抵達了我們所在之處，在陽光中，綻放出燦爛而乾淨的光芒。

敏銳又彆扭的青春期，一點點的了解，都是天搖地動。

將往哪裡去

我伏在斑馬的背上，暈眩的感覺像浪潮般一陣陣襲來。好像什麼都想不起來了。斑馬要帶我去什麼地方呢？

夜已經很深了，大街上空無一人。我揉著太陽穴，努力想坐起身來，但因為一直不太成功而顯得有點滑稽。整個城市在我的四周輕輕晃蕩著，彷彿是夢。路上一輛車都沒有。斑馬正馱著我走過寬闊的六線道，往市中心公園的方向前進。路口的交通號誌閃著警示的紅燈，長長的斑馬線，夜裡像是一道漫長的樓梯，虛實交錯的現代藝術作品，越走越長，不斷推遲我急急想從酒中醒過來的心情。

我從很遠很遠的地方回來，因為一些難以言述的原因，也不打

算再離去了。我抱著斑馬的頸子，恍恍惚惚想著，像是遭逢船難的倖存者攀著浮木那樣，波光之間載浮載沉，失魂落魄，卻又覺得非常慶幸。終於活下來了，終究還是回到這裡。斑馬的毛鬃搔刮著我的側臉，給我真實的感覺，但比原先想像中的柔軟多了，原以為會像上了髮膠的龐克頭那樣扎人，但觸感其實像海藻一樣。或像是海浪吧。可能真的喝太多了，深夜裡各自輝煌的路燈，此時看上去都帶著輕浮的戲謔與醉意，彷彿每一點光，都是朝生暮死、發出螢光的水中生物。

或許這些就是我所渴望的：回到小小的島上，做一個在日常風景裡好好生活的人。我時而因為搖晃而歪斜、下滑，但斑馬總是慢下腳步，原地輕輕踩著腳步墊了墊，又讓我坐回穩當平衡的位置。非常令人安心啊。我不知不覺瞇起眼睛，又睡著了。再張開眼睛時，斑馬已經帶我走過路口，正吃力地走上市區公園裡的高地，已打烊的商家、已經拉上窗簾的平房裡的夜燈、以及路上的燈火，此刻都在我們的四周與腳下。稍遠處暗下的霓虹燈，近處草坪中的定時灑水器，以及廣場前終年不歇的噴泉，一切都散發著看不見但能照耀的光。此時的我們，彷彿是

永遠不把愛與關心說出口，彷彿真的沒有關係嗎？

漫步在星空裡的。

斑馬蹬著後腳，馱著我繼續往上坡前進。那麼一心一意，彷彿長長此生，剎那此刻，我都是一個與斑馬共同存在的人。斑馬背著——或許更該說是領著我，陪伴著我，繼續往前走，爬上低低起伏坡地造景的最高處，一聲不吭，將所有的話都交給沉默表達。永遠不把愛與關心說出口，真的是沒有關係的嗎？斑馬歪過頭來，看著背上的我，眼神那麼透澈、單純，時而因為我的沮喪顯得焦急，但總又因為我所不知道的原因安定下來。茫茫黑夜沒有盡頭，美麗的斑馬清醒、健康、溫柔，比我們——包括我以及旅途上所遇見的聰明人們，更為敏銳、細膩，但卻甘心表現出遲鈍而隨意的樣子。

總是那些溫熱發光的，使我們所在乎的一切得有顏色、進而能分別世上的黑白和條理。那麼斑馬呢？我細細摸著斑馬的頭頸與肩，感覺毛鬃和肌膚之下的溫熱與力量。為什麼當許許多多的黑白分明並置在一起，卻令我產生迷亂困惑的感覺呢？

我不記得斑馬從哪裡來，也不知道他將往哪裡去。此刻公園空蕩蕩的，所有的星星俯視著我們。童話故事裡那種永恆的陪伴，會不會是真的？我好想對著漆黑的夜空大聲發問，但斑馬輕輕動著耳朵，側過臉，好像注視著我，證明我，也等待著我的見證。在那對良善的眼睛裡，我好像看見了從前的我的注視。

如果我們好好記著曾經發生的故事，是不是就能與那些最美好的，一直、一直走到最後呢？

如果我們好好記
著曾經的故事，
是不是就能一直
走到最後呢？

遠遠看見新世界

長頸鹿從倉庫破洞的斜頂探出頭來，四下張望，磨坊的煙囪一般。眼神好溫柔，但又有一點憂鬱，像是一個穿了化裝遊行道具的高中生，那種比同儕孤僻一些的高個子男孩。

這幾年糖廠靠海的舊倉庫都正慢吞吞地改建。本來是囤積進出口糖產用的，但可能是廢棄太久了，草木們多年自由自在，收心總是不容易一些。可以想像幾個師傅坐在三角鋁梯上的樣子，拿著無限符號一樣的大剪刀，戴著工作的白手套，像是一群苦惱的魔術師。一旁老舊的社區也逐一翻新了，乾淨寬敞的路面兩側，本來都是買賣船舶機械的商行。金屬所散發出來的沁涼的氣味，混著海洋很淡很淡的鹹味，幾次都讓我誤以為，是不是什麼陌生的香草植物開花了呢？

但前幾年的夏天忽然就全搬走了。原有建物一一改建、拆卸，一陣子再去，就消失了。我騎著腳踏車穿過長長的街道，往外港騎去，世界一片靜好，彷彿那些碌碌營生的老公寓從來不曾存在過，從前那些高下參差的商家，好像也只是一陣比較大的波浪而已。我奮力踩著腳踏車的踏板，試著加快一些，那種在小路上乘風破浪一樣前進的感覺啊，現在也只剩我一個人記得了吧。

從小路轉進更窄的巷子，不多時便能看見鄰近碼頭的倉庫群。前頭一排已經翻修過了，但後頭的還在雜草中探頭探腦，磚瓦四下散落，是最最適合小孩捉迷藏的那種地方。現在的小孩還需要祕密基地嗎？他們也喜歡躲在廢棄的小屋或無人知曉的樹上與洞裡，慎重其事地成立自己的宗教、黨派、或王國嗎？那些默默守著祕密基地的動物朋友呢？現在的他們，仍然願意帶著好奇的小孩去冒險嗎？陽光照著倉庫的牆面，彷彿沾著淚水或是糖的結晶，細瑣而完整，閃閃發亮。這是從前從前的那種建物了。「從前從前」這個詞，曾經是非常、非常神聖的……

我會記得
這些屬於我們的
祕密。

現在倉庫的牆在陽光裡被曬成了溫暖的黃色，有些部分被樹蔭遮去，便成為褐色的。屋頂許多地方已經塌了，我撥開雜草，掀起藤蔓，鑽進倉庫與倉庫之間的窄廊，發現光影斑駁的倉庫裡，長頸鹿修長的腿和胖胖的身體，正艱難地移動著。長頸鹿怎麼會出現在這裡呢？雜亂的藤蔓與蛛網，光線和陰影，海風，老舊木屋的氣味，長頸鹿踱著步的腳，彷彿是在水中游動著的。

我從另一邊鑽出藤蔓與雜樹，抬起頭，終於看見長頸鹿了，身體還困頓在倉庫裡掙扎的長頸鹿，伸長了脖子，有些無奈的樣子，嘴裡不知道嚼著什麼，低頭發現我了，長睫毛的眼睛眨了眨，好像露出了淺淺的、甜甜的笑容。

我會記得這些屬於我們的祕密。我望著長頸鹿，決定在心裡好好答應一件事。轉頭望向港的另一邊，遠方霧濛濛的，蓋起了一棟高過一棟的大廈，陽光穿過雲層，傾瀉而下，那些高樓林立的地方，像是一個只存在想像中的夢幻城市。

走吧，要去展開我們的冒險了吶。長頸鹿瞇起了眼睛，耳朵在

陽光與海風中動了動，很舒服的樣子，「無論如何，明天又會
是新的一天啊。」

走吧，
要去展開我們的
冒險了呐。

輯二／

生活漫遊 ——

——生活在同一個城市裡，

我們終究是和別人不同的人。

有時不能將心比心，

有時候不與別人走在一起，

是因為我們有真正想要守護的事情。

在時間的深處

土撥鼠躲在什麼地方呢？

幾波寒流來了又走，一次比一次疲弱。冬天好像終於放棄了啊。
我來到離海不遠的大草原時，天氣已經漸漸回暖了，晨霧退得
很快，晴空之下，青碧的草地像湖水一般輕輕翻掀著，有時風
稍大起來，才刷刷露出顏色較蒼白的草葉背面，那種初戀少年
惶惶然幸福著的顏色。

去年我曾在這裡遇見過土撥鼠。但轉眼間一年就過去了，好快，
又到了草芽抽長的季節了啊。

以前曾聽人提過土撥鼠節的由來。二月二日的土撥鼠節是這樣

的：在北美洲的某些地方，如果天氣晴朗，從冬眠中醒來的土撥鼠能夠看見自己的影子，那麼就表示冬天還要持續六週才會結束；但若是天色陰霾，土撥鼠找不到自己的影子，那就表示春日將近，新的一年，真的就要開始了。

但那是遠得不知道到底在哪裡的北美洲啊。北美洲對我來說，可能更接近一個象徵吧？我睬著眼睛遠眺，草原盡處，是一望無際的大海。這裡是亞熱帶的島嶼，不知道大海彼端會是怎麼樣的光景——在另一個時區、另一個地方，真會有一隻土撥鼠正從冬眠裡清醒過來嗎？在眾人的注視與催促中，他會找到自己的影子嗎？

在這裡我只聽見海浪的聲音，由近而遠，由遠而近，漸次消失在那些已經退得很遠很遠、艦隊一樣大舉撤離的大霧裡。風在草尖上來回奔跑，造成一種歡呼的錯覺。土撥鼠躲在什麼地方呢？我四下張望，看見遠處的海，另一邊是更遠處的山，中間穿過一條安靜、黝黑、炭筆繪製一般的長路，路的這邊草生得較低，草間有花，與小樹，草地上有些地方結著美麗的蛛網，

在眾人的注視與催促中，他會找到自己的影子嗎？

陽光灑在上頭，像是草浪當中金色的浮萍，浮萍上，躺著眼淚一般的露水。

四面都是靜好的風景，彷彿永遠都能停留在由冬轉春的盼望裡。如果是在這裡，土撥鼠與他的影子，也能帶領我們預知未來的轉變嗎？也能帶給等待好久的我們勇氣和希望嗎？風在草間翻來覆去的，稀哩嘩啦把這事弄得像是大地遊戲裡比較麻煩的那種關卡。我低下頭，試圖找到土撥鼠的身影。但很不容易啊。有時自覺眼角餘光明明看見了，但一轉過頭去，卻又消失了。土撥鼠有著怎樣的叫聲？我趴下來，將耳朵貼近地面，仔細聽，好像真的聽見了細細鬆動的聲音，時有時無。土撥鼠還躲在他的地洞裡嗎？如果是的話，一定也正好奇地聽著我的聲音吧：那些慌亂的走動，自言自語，有時清清喉嚨，慢吞吞的呼吸散逸在漸漸明亮起來的空氣裡，眨眨眼，偷偷笑，避開花草，貼近地面，小心翼翼，但好像只聽見自己心跳的聲音……

隔著厚厚的土層，不知道為什麼，卻覺得很近很近。胸口突然充滿了想要掉淚的溫暖。想像去年秋天，土撥鼠在地底下玩耍

一樣地造著自己的迷宮，反覆溫習，一再修改，繞過植物長長的根部，遇見顏色奇怪的石頭，有時迷路，覺得困惑，站起身來嗅著鼻子，前腳縮起收在胸口，守護著自己小小的心臟。他也會有傷心的事情嗎？他也會為了那些不得不做的事情，感到煩悶和憂鬱嗎？

或許是會的，但還是要繼續下去吶。身為一隻土撥鼠，應該是不能隨隨便便就覺得氣餒的吧，雖然做著的是那麼簡單而重複的事情，但這就是土撥鼠喜歡的，不是嗎？

我拍拍地面站了起來，決定就這樣吧。雖然有點麻煩，但還是要繼續努力下去才行。海的那邊又傳來了大船鳴笛的聲音，長長的、非常洪亮堅定的聲音，伴隨著海風的氣息，給人非常寂寞但是無比快樂的感覺。

春天就要來臨了，真希望能趕快找到自己的方向啊。

春天就要來臨了，
真希望能趕快找到
自己的方向啊。

野生文明

那場群架終究沒有打成。

整理房間時，翻到從前的舊手機。已經是舊到不可考的型號了，也不記得當時為什麼換掉。可能是約滿不續之類的？我反覆把玩著它，注意到手機的上方，磕了幾個彎彎的、淺淺的印子，接近圓形，但又不完全是。不仔細看，會以為都是淺淺的按鈕，又彷彿一排細小、不規則的腳印。

我記得那排印子的來歷。那是一個很好的晴天，典型的南方夏日。我們一群男孩子躲在高中的自習室裡唸書。書本啊教材呀模擬試卷整整齊齊擺在桌上，但人人東倒西歪，誰都心猿意馬的。外面的天氣太好了，好得不像是真的，好得彷彿誘惑而且

暗示著：如果沒有什麼事情發生，今天度過的一切，就都不能算數似的。

事實上，整個夏季都是這樣的天氣。金色的、畫面中四處浮動著斑斕噪點的晴天。高中三年的下學期都是如此：該要有事情發生的，但總有更重要的事情攔著我們。有時阻攔我們的，只是憂患之心。隔著透明的窗玻璃，熾熱的青春時光散落一地。但我們坐在圖書館裡，低著頭，讀生物和地科，歷史地理，小心翼翼挖掘著時間土壤下礦藏一般的知識群。

像這樣的時候，一切聲音都被放大了。跟著課本內容，一字一字前進，漫長、疲倦，但是踏實。我想像遙遠異國的大平原上，野生動物們正一年一度大規模地遷徙。低頭看書時，我彷彿能聽見野牛群涉渡的聲音。

就是那樣的晴天。坐在自習室裡，我和隔壁同學的手機同時震動了起來，旋即靜止。但好像耳朵裡還響著低頻的嗡嗡聲。眼角餘光看見他似乎伸手拿了手機按著，大概是看訊息。但我沒

有時阻攔
我們的，
只是憂患之心。

有。簡訊好好地收在我的手機裡，這是我給自己的約定：做完一件「該做的事」，才能自由去做「想做的事」。但為什麼該做和想做的不是同一件事呢？我需要更多時間去釐清。現在我不讀那則簡訊，好像只要我不去讀它，時間就不會過去。

此刻有更重要的事情。我努力克制自己，看書，雖然心思不在書上，不知道胡亂想著什麼。手機震動起來的時候，我正反覆讀著今日進度的最後一頁，彷彿看見縮得小小的野牛群，正翻山越嶺走過我們的長桌，一個接一個蹬著有力的後腳，攀過我轉筆那手的手腕。胡亂散放的紙堆和試卷在夏天的風裡輕輕翻掀著，嘩啦啦，發出水波四濺一般的聲音。這是季節交替之間，有什麼就要轉變，而我們提前感覺到了。這是野牛群正在涉渡的季節。

身旁的同學突然嘩一聲站起來，非常憤怒的樣子。我還搞不清楚發生什麼事，就被他一把揪起身來。圖書館裡大家都抬頭看著我倆，我壓低了聲音說幹嘛啊，他說出事了，那個誰傳訊息來，在校門口，走啦，過去幫忙。出事了。

我們跌跌撞撞跑下樓梯，一路往校門口跑。但到達時人已經散了。不遠處停著警車，閃著燈，但沒鳴警笛。整條夏日午後的長街一片靜，彷彿已經被消音。我們喘著氣，狼狽看著空無一人的玄關廣場，有點錯愕，很焦急，又有些慶幸。還有更多的情緒，但全攪在一塊一時說不上來。

人呢？我們各自伸手掏著口袋，想找手機，想打電話問人。但我的手機卻不在口袋中。回過頭去，看見手機落在不遠處路旁洗石子的矮欄邊。我一下子全醒了，慌忙跑去撿起手機。還能開機，面板也沒壞。我一面撥著電話，一邊把手機翻過來轉過去地檢查。完全看不出異樣，除了手機上方，多了一排小小的圓印。

大概是剛剛摔在洗石子圍欄上的痕跡。我聽著手機裡的撥號音，嘟嘟嘟，一邊盯著圍欄看。圍欄是學校前陣子整修花圃時新砌上的，本來土堆就接著柏油路邊，下過雨或風大時難免散漫到路中來。新砌起的矮圍欄像是花圃的城牆。我抬起頭看，看見欄內的花開得與世無爭、妥妥當當，長長的洗石子矮欄，繞著

那場架
還沒打起來，
青春期
就過去了。

花圃的邊緣前進，幾乎繞著圍了活動中心一圈，不知道會延伸到什麼地方去？

同學說他們沒事。警察簡直像有預知能力一樣，雙方人還沒烙齊，在球場打球的朋友們離得近先到場，推了幾把，警車就來了。那時我們還在學校深處的圖書館裡和想像世界搏鬥。等我們氣喘吁吁跑到現場時，警車都已經關了警笛，準備要走了。

那場架還沒來得及打起來，青春期就過去了。很多我們想搞清楚、卻終究沒有的事情，好像也就這樣決定了。書本提前告訴我們世界的樣子，但當我們想伸手去指認時，想去改變、去搏鬥時，萬事萬物都已經有自己的名字和秩序。我們只能翻山越嶺地經歷、然後記下這些事情。

找出瞎捲在一起的充電線，勉強抽出線頭和插座，接上電源，重新開機。開機的聲音嘩啦啦響了起來，水花四濺，我好像又看見野牛群的身影，春夏之交的草原上，大河淺灘間，帶著渴望緩慢前行——偶然為了某事激動起來，抵著角，胡亂踩踏，

跟著身體裡躁動的熱望和力量，那麼奮力地一起——雖然站在對立的立場，但確實是一起的，鼓足全力，用自己的方式，嘗試打敗對方。

當我們想去改變、去搏鬥時，萬事萬物都已經有了自己的名字和秩序。

消失的淡藍色月亮

清晨上班的路上，夾雜在人群當中，看見矮牆上的小石虎。

這是城郊地區，幾里外就是還未完全開發的丘陵地。小石虎蹲坐在路旁花圃邊的矮牆上，矮牆內，都是新栽的當令花苗，五顏六色的花朵，綻放在清晨金黃色的微風裡，夏日陽光的照耀下，像是凝固了的小小煙火。小石虎蹲坐在矮牆上，很有精神的模樣，但看上去就還是一隻多斑點的貓咪啊，得仔細去比對，那些紋路，那樣的眼睛，與身型，才知道確實不是貓，而是隻小石虎。

能不能稱為小石虎呢？他其實已比一般的貓大上一些了，可能只是斑點的關係，讓人不由自主拿他和豹做了比較。人潮漸漸

多起來的大路邊上，偶爾有鳴著喇叭的車輛經過。小石虎有點緊張，時不時回頭確認，但確認完總又轉回頭去，很堅定，仰頭望著天空。我停下腳步，順著他的視線望去，淺藍色的天空裡，還懸著很淡很淡的清晨的月亮。

神祕、自矜、但好像有點失魂落魄的淡藍色月亮，旁邊散綴著一兩顆我不認得的星星。小石虎看得好像有點出神了，張著大眼睛，簡直像是個小外星人看著老家似的。為什麼這麼認真呢？我已經很少為那些遙遠、無用、奇怪、但是非常美好的事物失神了，即使有，也往往覺得不好意思，習慣將那樣的感覺好好藏匿起來。太認真了啊，這樣真的沒有關係嗎？我靠近一些，伸手想逗逗他，但小石虎哀地一聲，咧著嘴露出尖牙，警戒而膽怯地往後退，眼睛還是澄澈的，那麼乾淨，像是驚訝、生氣了，像是失望傷心。那對乾淨的眼睛裡，似乎有著真心相信的事情。

人潮嘩嘩經過我們，毫不在意，毫無保留。我放下手，和小石虎一起轉回頭看著天空。淺淺的月亮在漸漸亮起來的天色當中

生活在
同一個城市裡，
我們終究是和別
人不同的人。

越來越不明顯了，蹲坐著的小石虎立坐起來，眼睛發亮，慌慌踩著腳，伸長了頸子，小聲叫了幾聲。

生活在同一個城市裡，我們終究是和別人不同的人。有時不能將心比心，有時候不與別人走在一起，是因為我們有真正想要守護的事情。月亮就要消失了。小石虎站起來，左右轉了幾圈，惶惶然但像是終於下定決心，輕輕擺了擺尾巴，沿著矮牆，逆著人潮的方向，往前跑去。

生活在同一個城市裡，我們終究是和別人不同的人。我轉身揹起公事包，再抬頭，已經看不太到月亮了，低下頭，卻也找不到剛剛那隻毛色斑雜燦爛的小石虎。

但那都沒有關係了。我往市中心的方向走去，陽光穿過行道樹，在我身上灑下破碎的光影。逆向走在人潮裡，磕磕碰碰的一天又開始了。但都沒有關係。和別人格格不入，或許正是我選擇走那麼遠的路，來到這裡的原因。

狩獵微光

坐在靠近音樂館的教室裡，能遠遠聽到音樂班女同學們練習小提琴的聲音。

那聲音彷彿是一種暗示：有一個更迷人的遠方，正在外頭等著我們。天氣太熱了，窗門大開的數學課，但每個人彷彿入定一般深陷在各自的桌椅裡。老師的聲音迴盪在空洞、寬闊的夏日上午，亮亮的，好像一切都坦白，卻又都神祕。整間教室，像是一個巨大、透明的採集箱子，而我們被捕獲收集於此——若以什麼實驗昆蟲的角度來看，我們實在是太沒有活力了啊。

我坐在教室最後一排，剛好輪到靠窗的位子，隔壁的同學失戀，翹課溜出去了，數學講義和補充教材還攤在桌上。代替他盯著

書本上課的，是一隻青綠色的小螳螂。

那螳螂比我看過的螳螂小了許多，應該是剛剛孵化的幼蟲，藉著風勢進到教室，不確定是何時出現在那裡的。實在是太渺小了，誰知道他在那裡呢？一開始注意到時還以為眼花了，怎麼有個綠色的字動了起來。小螳螂本來停在書的中央，老師複習完上次教過的部分，開始往下一節教時，他彷彿也很識趣地伸著纖長的腳站起來，跨過同學凌亂的字跡和塗鴉，往頁緣走。對一隻那麼小的螳螂來說，A4 開本的補充教材可能還是太過巨大了，小螳螂走走停停，彷彿是困惑、猶豫、而且百般不願意的……

課堂繼續進行著，因為螳螂，一個彷彿從課本上活過來的綠色小字，我的注意力已完全不在課程上，回過神時，已完全跟不上內容了。小螳螂好不容易慢吞吞走到了靠近書角的頁緣處，書角偶爾隨著電風扇的風掀動或鼓起，他也就隨著高低起伏，彷彿是站在草地或矮樹叢的長葉上的，讓人想起《臥虎藏龍》裡的那場竹林打鬥戲。小螳螂不會是刻意走到那邊完成他浪人

劍客的幻想吧？他知道這是數學課嗎？他知道——我先承認我不知道，那他知道老師現在在教的，是什麼嗎？

窗外持續傳來弦樂器的聲音，襯著數學老師書寫板書時粉筆摩擦的聲音，彷彿構成了另一種神祕的音樂，某種難以理解的學理，寂寞的語言。

經過一番掙扎，小螳螂終於走過波濤洶湧的書頁，爬上鉛筆盒，又爬下來，風剛巧隨機翻過了幾頁書，他又回頭重新爬上陌生的頁面。紙上除了印刷的部分，其餘還是一片空白。這部分是全新的進度了。像是一片無人曾經抵達的荒原，或是許多陌生人共同居住的城市，地景地物全是未知的，感官知覺一片混沌，像是第一次戀愛，發生的一切誰都不明白、尚未定義，而我正要伸手去指而已——

小螳螂走過起伏的書頁，來到書中央比較平坦的位置，重新立起身，望向前方，像在專心觀察什麼，或是屏息等待什麼。偶爾，焦躁地來回調整一下位置，伸出鐮刀一樣的雙臂，俯下身

生命的盛夏裡，有過一些讓人隱隱作痛的事情。

在書頁上刮劃著，像在寫字，像正推演著什麼我不知道的事。

我彷彿能聽見筆尖在紙上大力寫劃的聲音。小小的螳螂，蠅量級、身體微微透光的捕獵者，和這樣認真寫著字的我們並坐在教室內。蒼白的感覺，漂浮的光，彷彿暗戀一般曖昧的音樂，在這裡一點一點割出了傷痕。

透過文字、音樂、或者數學，我們真能看見、並且理解別人在時間裡記錄下的事了嗎？如果看見了，理解了，別人也會在時間的記錄裡，看見並理解我們的嗎？

離下課還有一段時間。再聽見一些話，再寫下一些字。遠處的小提琴聲悠悠蕩蕩浮動在空氣裡，像是某種比較刺鼻的花香。離下課還有一段時間，離另一個人還有一點距離，生命的盛夏裡，有過一些讓人隱隱作痛的事情。

始終記得我

那小孩站在陰天的堤防上。

海面上沒有任何船隻的蹤影。這一帶剛下過雨，堤防上到處積著淺淺的水，彷彿一面長長的鏡玻璃，沿著海岸微微轉彎，像是有誰從雲端隨手一劃所留下的弧線。流水一般的弧線，將海分成了兩截顏色，彷彿才有一隻巨大的虎鯨貼近水面游過，而推出的浪線，正好抵達這裡。

小孩站在堤防靠海的那一側，看上去很焦慮、很難過的樣子。不知道是為了什麼事情？更遠處，另一道更長的堤防圈出了港的界線，許多躁動的小小海浪就被豢養在小小的港裡，港灣裡的大船小船，則被栓在各自的碼頭旁邊。海況不佳時，港邊最

好就是這幅安居樂業的景緻。但這畫面是我們所期待的嗎？我順著堤防的方向望去，堤防盡處的燈塔前，一個披了雨衣的男子坐在矮凳上守著他的釣竿，面向港外的大海，深深弓著背。海浪一次次撲打上來，激起浪花，白色的水沫漫天灑下，碎落在他的雨靴前……

我們都在等待什麼呢？陰天的港邊沒什麼遊客，只有海鳥時不時伸展著翅膀飛過我們，又盤旋繞回，往復又往復，後來也都分不清楚了。我走向小孩，球鞋踩著汲汲的水聲遠遠就被聽見，他轉頭看我，有點尷尬，帶著努力克制的鼻音說，「聽說鯨魚離開了，」稍頓一頓，又說，「你知道鯨魚已經離開了嗎？」

我聽說過鯨魚的事情，一隻虎鯨，前陣子新聞播得很頻繁，說是港灣改建的工程影響了海流的方向，整個港區成了一個巨大的拖網，隨著海流游進來的魚群，許多就不知道怎麼再游出去了。聽起來不是很合理啊，不知道是不是真的？我不懂漁撈作業、水族習性、水流或物理學，只知道有人好像意外在港裡拍到了一尾老虎鯨的照片，體型不大，但故事很長，實在記不清，

所有人都記不清，但所有人都非常關心。「鯨魚是無辜的！」我記得有人在網路上這樣留言說著，帶著生氣、責備、與惋惜的口氣。我懂他的感覺。真說起來，又有誰不是無辜的呢？

多數時候面對命運的不仁慈，我們都太無知，而無知就是無辜的，只是當下往往來不及釐清辨識。總是這樣的啊，好像想通了什麼，但事情已經發生了，也已經過去了。我在小孩身邊停下腳步，遠道而來的海浪從堤防的頂端一路拍打過來，像是頑皮的小孩沿街敲打著商家住戶的門窗，到我們腳下時，力道已削弱許多了，水花濺不上來，只帶著嚇人的聲響與輕輕的地震。

我對小孩搖搖頭，說，我知道的不多。海浪一次又一次拍打著我們腳下的堤防，彷彿再三確認著我們可以感覺到腳下真實的力量；彷彿努力提醒著什麼事；彷彿年輕、易怒、易感的我仍在心裡與自己爭執。

如何才能從已知的經驗裡，重新回到無知的狀態中去呢？我隨著小孩的視線望向遙遠的海面，亂雲堆疊在那兒像是無人整理

年輕、易怒、易感的我仍在心裡與自己爭執。

的棉被。我摸摸小孩的頭，而小孩轉過身去，背對著我和我們身後的港、以及船、以及臨港的水岸和岸上的房屋，默默望向前方深不可測的大海。

好老好老的虎鯨，年少時候的我們曾一起努力搶救、希望挽留但終究沒能成功的鯨魚，會不會記得這個曾經困住他巨大身體的小小港灣呢？

時間裡的旅行

那隻白貓，好像是注定要與我在旅途中相遇的。

抵達山間溫泉小鎮，已是黃昏時刻。溫泉旅館林立的小鎮吹著淡淡的風，彷彿沉浸在金箔溶液裡。提著行李進旅館，房內的和室拉門朝著落地窗的方向開，窗外是一棵巨大且茂密的老樹，枝幹長滿了綠絨絨的細密植物，樹冠幾乎與我們七樓的房間同高。實在太迷人了，有一種其實住著樹屋的錯覺。我轉頭去看牆上的鐘。這裡的時間，是不是還停留在八〇年代呢？

決定趕在天黑前出去走走。行前沒做功課，對此地完全陌生。翻過旅館地圖，草草決定就去近郊的廢棄神社了。神社在旅館後方的丘陵高地上，有好長一段上坡路，四處都是地方景點與

紀念造物：在地文人的字碑、作曲家的歌碑、軍人的墓地、櫻花林、展望台，諸如此類，間雜在尋常人家和溫泉民宿當中，不起眼，不聲張，也不避諱。

是這樣充滿故事的日常生活啊。我邊走邊想。上山途經的每個路口，皆有標誌紛紛指向不同的景點，而每個景點，又各自從所在之處，遙遙回望山下我剛剛離開的小鎮市區。一切顯得平凡而長情。山下的房屋、道路、草坪公園、時令作物，那些最靠近生活的物件，此時彷彿汲滿了整日整季整年的日照和熱望，流瀉出暖暖之光。丘陵下方小鎮學校的操場一角，兩個小男孩踢球踢累了，並肩坐在放倒的球門上，黃金右腳晃呀晃的，距離太遠，看不清表情，但迎著黃昏之光，談的，應該是青春煩惱或夢想之類的話題吧。

我誰也不認得。那些歷史名人或尋常居民。只是默默有些羨慕。他們有話想說，著手去做，旁人認真記得了，再誠懇轉述。就是有點羨慕而已。或許還有一點洩氣吧？往往是這樣，走過這裡那裡，異地仍是異地，往心裡去的，多是本來就相信或擁有

或遺憾的事情。例外是極少發生的。只有極少時刻，會在流金一般的浮光掠影裡，突然發生某一件事，打動我，提醒我，像是辨識出某個符號，某種特質，或一個少見但好看的字。

貓咪就這樣出現了。當我從神社走出來，穿過民宿、墓地，迎著寬闊的高地風景正準備繞路下山、走入櫻花林間的步道時，聽見了貓的叫聲。我試圖回應，那聲音稍停，可能有些遲疑，又再叫了起來。就在這個時候，樹叢旁走出了一隻乾淨的白貓。

不信任和猶豫只是非常短暫的事情。我蹲下來伸出手，貓便靠過來，先是聞了聞，耳朵動一動抬頭注視著我，接著就挨上來了。我放下地圖，細心摸摸他的頭，肩胛，臉和下巴，希望能讓他覺得溫暖和被愛。我想他是感受到了，看看我又看看地圖，認真地以全身的力氣和重量回報，摸到哪裡他重心便往哪靠。我拿出相機拍他，他也就轉過臉來，呼嚕呼嚕看著鏡頭。真覺得不行天色在暗了，站起來剛想走，他又小狗一樣蹦跳著領在前頭往山下跑去，但也就十步二十步，幾公尺之遙坐下或趴下，打起滾或伸起了懶腰……

迎著黃昏之光，一切顯得平凡而長情。

如此重複好幾次，櫻花林間的黃昏路總走不完，下山變成一件非常漫長的事。是語言不通的關係嗎？可是他確實能感覺到那些我還沒轉換為語言的心思。他能預知我想說的話、想做的事嗎？或者他只是用上全部的了解，參與了、甚至改變了我的情緒和意志？

靈感一樣的白貓，跟著我走下陌生、過分孤單安靜的櫻花林小路。我模仿貓叫、或者以語言模擬我的快樂和可惜，想告訴他，可惜是這個時候在這裡相遇。但貓咪好像並不期待更多了，或許有一點期待吃的吧？但似乎更期待的是親暱、真心對待、一起玩耍的感覺。貓咪生活的尺度大概不是時間吧？貓以喜好與直覺認識世界。貓是可以跳來跳去的，隨時可以。貓能同時專注而且分心。我看著白貓，細細摸他時這樣想。但為什麼我們就是不行呢？

離開白貓，天黑前回到旅館，用完晚餐，房裡開了小燈寫字。即使是這時，在我、我的文字、以及寫作狀態的我的心中，仍能感覺到白貓的蹤跡，踚著字彙和句子走動跑跳，出入房內窗

外，榻榻米上，美麗的大樹枝枒間，或我的胸口裡。難以控制，無法理解，但也因而真正自由。

其實我不那麼想念那隻白貓，但是我想念遇見貓咪時的自己。當然也或許只是此時如此而已。旅途中意外出現的白貓，他的觸感和叫聲，他的心，關於他的無聊有趣的小事，好像成了我另一趟剛剛開始的旅行。

往往是這樣，
走過這裡那裡，
異地仍是異地。

來自某一時刻

我回到甘蔗田裡，甘蔗仍然在風中搖晃生長，譁譁簌簌，看不見盡頭。我摸摸新長的甘蔗葉，沒有一點啃食過的樣子。老鼠變少了，是不是有蛇出沒呢？

祖父母過世後，我很久沒來這片甘蔗田了。

事實上不只我，誰都不來了。小時候這裡曾是我們的球場，只在特定時刻存在的球場，像是有著自己的球季一樣。每到甘蔗收成後重新翻土的冬天，村裡的小孩呼喝著拎了木棍和球從巷弄裡跑出來，連最遠的小鎮也有人騎著腳踏車來看熱鬧。鬧哄哄的比賽太歡樂了，打者手中通常不是正規的球棒，什麼棍子都有，通常和等等回家要挨爸媽揍的是同一支。球則比較可以

想像，有時是紅線球，有時是壘球，有時是軟軟的像熟成水果一樣的網球，不知都是打哪弄來的。真到山窮水盡時，也總會有人從學校找來躲避球或足球，放下棒子改踢足壘。日曬雨淋，迎風奔跑在起伏的土堆間，滿身泥濘，有一種一起跋山涉水經歷好多事情的況味。

蛇，或鼠，有時會干擾比賽。球打擊出去所有人都動起來，忽然有人哎呀一聲跑離用小石子排出的壘線外，或是本來追著球突然緊急剎車往回跑，大概就是了。突然竄出的老鼠，或蛇，嚇壞了比較少下田幫忙的小孩，突然以一種非常現實、強迫所有人出戲的方式打斷了比賽。棒球比賽就此暫停了，瞬間升級成圍獵活動，所有人都跑下場，在巨大的田地上翻找，一直到太陽下山為止。

通常什麼都找不到。但一切都改變了，活動很快進入另外一種氛圍，農家的小孩取得了全部的指揮權，帶著大家仔細搜索一個又一個……該稱為洞穴嗎？有些洞口堆著疏鬆的黃土，有些沒有，有些洞口與小孩的拳頭大小差不多，有些只比手指稍粗

不能發號施令
的時候，
知識是無用的，
有用的是膽子。

一點，有些黑黝黝地向下延伸看不見底，有些則似乎與地面平行……。各種特徵的洞都有各自的名堂，有些屬於蟋蟀，有些屬於螞蟻，有些屬於蛙和蟾蜍，有些應是老鼠的，有些則是蛇的。但誰知道呢？我們這些比較缺乏實戰經驗的，有時會站在一旁議論紛紛：鼠是蛇的食物，若是鼠躲在洞中，那裡頭就不可能有蛇。但若裡頭有鼠，蛇又怎麼可能放過？蛇不放過的話，鼠當然就不敢躲在洞裡了。然而再退一萬步說，如果所有的洞裡都沒有老鼠，蛇又如何願意待在沒有食物的田地的洞中呢……

這樣的討論毫無意義，但真有趣，彌補了我們無法參與時空洞的心情。其實也不需要知道太多，不能發號施令的時候，知識是無用的，有用的是膽子。誰敢去提了水站在第一線把水往洞裡灌，誰敢去洞後拎著鏟子往下鏟把動物逼出來，誰敢拿網子負責抓洞裡竄出來的——理論上是什麼但其實沒人有把握的動物呢？

害怕的小孩，往往找了藉口躲在後頭。和其他沒爭取到工作的

孩子一樣，站在風呼呼吹著的田埂上圍事把風。「好討厭啊，干擾我們打球」，有時會有人這麼說，蹲下來拔著雜草或小花，出於各種不同的情緒和理由。有時是懊惱不甘，有時是落寞，有時是故作輕鬆但恐懼的，有時只是想找話說……

但事實上，是我們的球賽干擾了動物們的生活才對啊。我不知道別的小孩怎麼想，一定也有人是這樣想的吧？事實就是這樣啊。

每年總有新來的小孩不知道這是怎樣的事情。但反覆幾次，誰都知道洞裡可能躲著動物的事。這樣的情緒後來也慢慢影響了比賽，有時候，有人會說，賽前先清個場吧，大家七手八腳花了幾小時巡遍比賽的場地，一堆人靠在洞口附近，拉了網和棍子，各個洞口同步守著，大桶的水備好了就要往洞裡灌，完全沒有圍師必闕的意思。有人拉了家裡的狗狗過來幫忙，狗狗很高興地奔跑在田間，東聞聞西嗅嗅，毛色在夕陽裡漾著淡淡的金光，好像被寄託了很多很多的希望。

在夕陽裡漾著
淡淡的金光，
好像被寄託了
很多很多的希望。

有時懷疑和恐懼，就只是懷疑和恐懼。比賽照常進行，讓人害怕、卻無人敢承認的不明洞穴就在那裡，守備時不敢太靠近，跑壘也要繞過那裡，球往那一帶滾時所有人都心裡一驚，生怕驚動了什麼我們不想看見的東西。

但就是不會有人承認。故作鎮定多年，長大的小孩各有各的理由守著自己的面子。有人就不再來球場了，有人來了也不比賽。再更多年過去，故作鎮定變成了故作多情，多數人陸續搬離這裡，其中只剩下很少的人——比如我，記得棒球比賽的事。留下來的人幾乎都不記得了，就算記得也不在乎。收成完以後，是批貨和處理作物的忙碌的季節了。

「甘蔗田」一直在那裡。後來聽說也不一定種甘蔗了。

還好這次回來，仍是甘蔗的季節。我站在田邊，胡亂想著這些與那些，不知為何又記起了這樣的畫面：比賽結束的時候，一起打球的夥伴們紛紛走出甘蔗田，各自要回家了。我邊走邊回頭，看見大多數的同學朝著夕陽的方向走，模模糊糊的背影，

總覺得有點浪漫的感覺，但又有隱隱的不捨和恐懼。這是我們的甘蔗田，明天、後天、大後天、明年的這個時候，我們一定要再在甘蔗田裡相見。我們會再在甘蔗田裡相見嗎？

多年不見的甘蔗田裡，遠遠有一個陌生的老先生從田埂上走回來。其實應該是村裡認識的長輩，但我已經認不出他了。他走著走著，停在引水的溝渠旁，彎下身，伸手查看一個小小的土洞，然後站起來拍掉手上的土屑，轉身往隔壁的田地走去。

好多事情都改變了。我走過去，在田埂上蹲下來，隔著一小段距離望著那個洞，默默想像，蛇蜒曲著還原為一個小小圓圓的點，黑黑的，不聲張，像是一個洞，又像是一隻老鼠，蹲坐在那裡嗅聞氣味的樣子。

明天、後天、大後天、明年的這個時候，我們會再在這裡相見嗎？

住在時間的身體裡

校園裡的蟬聲大作。

那年畢業後，好像已經很久很久，沒聽見這樣明亮的蟬鳴了啊。
再好不過的夏天，回到校園，走過長長的林蔭道，陽光照耀，
樹上的葉片逐一亮了起來，像是節慶夜晚的燈籠，假日正午的
浪花；像是琉璃風鈴掛在晴天微風裡搖晃，小心翼翼地響，像
在訴說，以快樂戀慕的口氣……

樹葉在我頭頂上搖動，窸窸窣窣，好像真聽見誰的話語，細瑣、
溫暖、親密的聲音，不能了解，但是好迷人好靠近。林蔭道的
盡處是平整的草地，隔著草地，排球場上比賽正在進行，強度
不高的學生球隊比賽，但球員觀眾都深深投入其中，有來有往，

越來越激烈的樣子，場邊的啦啦隊按耐不住紛紛站了起來。計分員翻著計分牌，露出鮮明的紅字。比賽一路拉鋸，但已經接近尾聲了。

我加快腳步，想搶在終場之前趕上球賽。長長的林蔭道上一棵棵大樹落下陰影，落在地上，也落在我的身上，像是一道長長的階梯。跑著跑著，漸漸有一點喘——其實也不是喘，是心跳，呼吸、肌肉的韻律，整個身體都跟上了熱切節奏的感覺。

蟬聲忽大忽小，在樹間、在身周響著，偶爾緊促高亢起來，偶爾又後退為低調的背景音樂——蟬聲標記了這個熱烈的季節，但蟬聲並不是重點：風裡搖曳的樹葉、一張張掀起的計分牌、球場上被曬得發燙發亮的球衣、每一個人的心跳和呼吸，才是此時此刻鮮明的主題。球場再過去仍是樹林，樹林的上方，是晴朗夏日時才能見到的那種藍天白雲，那麼純淨、明亮、開朗，那麼青春而且真實，真實得彷彿——彷彿不是真的。

但這全都是真的。明朗的夏日裡，蟬聲從四面八方包圍著我們，

我，和球場上、球場邊的每一個人。清脆的蟬聲，像是一個透明的外殼。

記得小時候曾跟著家族裡的哥哥姐姐去捉蟬，我是在都市長大的小孩，手腳不那麼靈光，伸長了竹具或細網，攀上爬下，但最後真能捉到的，往往都是蛻後的蟬殼而已。我還記得蟬殼捧在手心裡的感覺，很輕很輕，稜角刺刺的，小心地拋一拋也不太能察覺它的重量。空空的蟬殼裡，說不出是什麼消失了：是本來住在這個殼裡不能飛行的幼蟲，還是此刻正躲在樹上低鳴、即將死去的成熟的蟬呢？

那時我還是學生，時不時也會湧起類似的迷惘和感傷——如果我們改變、長大，我們是不是失去自己了？如果抗拒改變和長大，我們是不是失去了更好的可能？

我們都想成為更好的人，但此刻的我們，又算是什麼呢？此刻的我們也是很好的人嗎？或者我們只是「還不夠好」的人？遠處球場上的比賽，已接近尾聲，我走出林蔭道，看見場邊的替

補球員輕輕拋轉著球，球上黃藍白的顏色在空中混合為一，落回手裡時又各自分離，像在玩耍，也像練習，某種魔法或是某種手腕，或是某一種騙局。像在嘗試分辨自己的記憶與複雜的心情……。我走入草地，陽光曝曬著開始出汗的我，樹蔭退去，已經無處可躲。

越過這片草坪，就是球場了。但就在這時，球場上卻傳來長長的哨音。比賽結束了。

蟬聲好像瞬間大了起來。彷彿有誰吹響了另一支更決絕的哨，終於下定了某種決心，或是急急制止著什麼似地。我在草坪上停下腳步，聽見啦啦隊的掌聲，遠遠地，像是熟成爆裂開來的豆莢或毬果，聽見球員們聚集喊聲，伸出手，向對手與裁判致謝，向自己與啦啦隊致謝，彼此歡呼，像是一場燦爛的夢。

「哨音落下的時候——」，我想起從前學生時期一起打球的朋友，想起贏球與輸球時我們快樂與落寞的臉。快樂或落寞不是因為輸贏，快樂，或落寞，是因為我們此刻一起。一起努力，

一起努力，
在時間裡
一起輸了，
又在彼此的心裡，
一起反敗為勝。

在時間裡一起輸了，然後又在彼此的心裡，反敗為勝一起贏回了更重要的東西。但那是什麼呢？那些年捧著空空的蟬殼，褪色的蟬殼，聲音的蟬殼，象徵的蟬殼，高高舉起逆著陽光看的時候，好像是以堅硬的金屬製成的……

我沒有見過真實的蟬，但我聽過蟬鳴，看過聽見蟬鳴的人的表情。蟬是存在的。因為蟬殼，與蟬聲，那些美滿往事的線索，讓我能夠繼續相信當年發生過的心情——能夠繼續依靠愛，與溫暖，認同那平凡又不凡的一切，從來就沒有消失。

哨音落下，蟬聲揚起，比賽真正結束了。然後，我們一起久久渴望的夏天，或許，就會真的開始了——

我們會有什麼改變嗎？校園裡蟬聲大作。世界鼓脹得滿滿的，從球場走下來的人們彼此談笑，汗水淋漓，與我錯身而過——有那麼一剎那，我感覺瞬間離開了自己的身體又隨即重新回到自己的身體裡。描圖紙稍稍錯開又重疊。覺得，好像從這一個夏天，回到了那一個夏天。

隱密小傷

城市下雪了。

前些日子的氣象預報還無人相信，冬日過去大半，若非真正遇
見，很難想像這樣的事情。就像是青春期尾聲、莫名分手的友
情或愛戀那樣吧，「怎麼可能呢？」但就發生了。看著雪景，
心裡沉甸甸又空盪盪的，分不出輕和重的界線。較遠處，城市
邊緣的樓房變得非常模糊，人車也是，時間也是。春天不是就
要來了嗎？

要去郵局寄一封重要的信，已經遲了，再拖不得。只好冒著細
雪走路出門。前往假日郵局的路上，一定會經過那女孩以前的
家。那是一條我許久沒走的路了，得繞過城郊丘陵地的幾個公

園，穿過林道，廢棄的地方文物館，以及安靜的老住宅區。林子間，一區區的樓房各自為政地立著，依著各自建築的時間，留存了不同時空文化陶冶所留下的風格，蓋得最早的一批靠近河邊，晚一些的靠近丘陵，路樹建物，多有修繕的痕跡。我很少來這裡，每次趕時間經過，總覺得目眩神迷——新舊樓房並存，道路彎彎繞繞，指標牌四下立著，註明這裡與那裡。整個地區，像是一份開啟了追蹤修訂功能的巨大文件。

多走幾次，總會越來越熟悉吧？我手揣在口袋中，憑著印象，迎風在自己吐出的白煙中趕路，有一種空氣稀薄的錯覺。實在太冷了。雪時下時停，後繼無力，然而四周已經是一片白皚皚的世界。除了美，和刺眼，更多的是不真實的感知，以及無邊際的寂靜。或許是少見的低溫降低了人們出門的興致，或許是積雪意外起了吸音的效果，又或者只是那樣的色調和情境，給了我安靜的感覺。平日混合在一起、街上人車紛雜的聲響好像都被調低了，並個別分離開來，我能敏感地聽見所有細節，一一分辨，進而試圖去揣測、追究聲音的來源。

是在這樣的情形下，注意到樹上啄木鳥辛勤啄木的聲音。那是一連串縝密細緻、有節奏但不完全規律工整的敲擊聲，不注意的話，說不定要以為是路邊屋子裡釘製或修繕木器家具的聲響。我慢下腳步，抬頭張望，在距離路不遠的一棵大樹上，看見了頭頸顏色醒目的啄木鳥。

啄木鳥正非常專心地啄著樹幹。陽光穿過葉隙落下，照著他，彷彿他是整個林子裡唯一的能動之物，以尾羽撐著樹身，負載著使命那樣不斷啄著，偶爾停下來，偏著頭端詳漸漸凹陷的……樹洞，那算是一個樹洞嗎？不知道藏著、容納著什麼的小小樹洞。啄木鳥的敲擊聲迴盪在這一小片林子裡──這是比較誇張的講法，但那啄木的聲音，確實在眾多細瑣聲響中吸引了我全部的注意，大多時候，我覺得那是這片風景裡唯一的變數，其餘事物皆是靜止的，只有少數時刻，敲擊像是輕輕的地震，可能在某個關鍵的時間或位置上連帶動搖了什麼，細細的積雪會伴著陽光，糖霜一樣從樹梢灑落下來。

我想我是有點著迷了。關於啄木鳥的形象，關於背後的聯想。

想離開家的，
都是最渴望家
的人。

那樣暗暗期許著、甚至戀慕著要完成什麼的日常意志，短短的尖尖的喙，小小的吻，輕輕敲，再敲，像是一意要把聲音和能量，都植入樹身裡去……

樹聽見了嗎？樹能感覺那每一次輕輕的、隱密的震盪嗎？

雪又下了起來，細細的密密的不太真實的雪，不知道什麼時候會停。我找了岔路，往林子裡走去，放輕腳步，直到不能再更靠近的距離，仰頭望著樹上的啄木鳥。雪還在下，樹洞在樹幹上慢慢成形。像是一個勞碌的礦工敲打著古老的岩脈那樣，探索未來的同時，往日正不可避免地毀壞著。樹受傷了嗎？那樣的傷口，會是通往痊癒的密徑嗎？啄木鳥怎麼會知道，在樹的身體裡，住著時時刻刻傷害著樹的害蟲呢？

啄木鳥埋頭繼續工作，像是在想像、進而實現一個理想的樹洞那樣努力工作，以尖銳且不斷耗損、害羞而閉鎖的方式。那種非常少年的方式。啄木鳥有自己的家嗎？「想離開家的，都是最渴望家的人。」想起多年以前和女孩經過這裡時，聊到離家

去北部念書的渴望，她曾經若有所思地說過這樣的話。但前言後語都不記得了，只剩下這樣孤單的句子。女孩現在住在哪裡呢？我也不知道了。我看著啄木鳥，長長呼了一口氣，白煙瞬間充滿在我和他之間。啄木鳥突然停下動作，像是被什麼東西打擾了，或是吸引了那樣，伸直了身體，轉過頭，望向路的前方。

這裡是樹林的邊緣了。再過去一些，就是那女孩從前所住的家。我曾熱愛過某些人與事。啄木鳥那樣地愛過。多年以後下著意外、奇幻之雪的上午，一片多年不曾造訪的城郊陌生樹林中，突然、偶然想起這些──可能關於女孩，或可能關於愛的這些與那些。

很多年沒有見到那個女孩。那時我們想像過愛。那些愛，後來完成了嗎？

那樣的傷口，會是通往痊癒的密徑嗎？

小小的洞

晨跑的時候，看見刺蝟靜靜躲在他的洞裡。

那洞位在一片落滿毬果的黃草地裡。除了毬果，也落了一些葉子，一些樹枝，遠望好像有一些不知名的小花點綴其間。但這季節怎麼會有花呢？走近去看，全是沾著微光的露水。

好好的草地到了秋天，原先的顏色、看上去非常柔軟的感覺，都有點難以為繼了。有些地方仍然非常茂盛，只是顏色改變，有些稀疏一些，有些甚至露出象牙黃顏色的草梗。但仍然是一片非常有底氣的草坪，我沿著草坪間的路跑，草地順著路兩側，密密地延伸向我的來途和去路，有些區塊像是煙霧，有些區塊像是荊棘。

那洞就藏身在這樣一大片秋草地裡，遠比想像還小的刺蝟躲在洞裡，洞只比他稍大一些些而已，斂起刺針，像是一顆準確進洞的毬果。不大不小，剛好躲進一隻收起刺針的刺蝟，洞就好像不存在了。刺蝟也好像不存在了。從一個小小的空著的洞，和一隻小小的刺蝟，變回整面秋日草地的一部分。若是忽忽跑過去，幾乎是不會發現的。

我停下腳步，放低喘氣的聲音，跨入草坪，蹲下來但盡量不干擾不發出聲音。那洞穴的感覺好熟悉，像是房間。房間本來都不是誰的，誰也不一定就屬於哪個房間。但只能躲入一個人的房間總是滿滿的，可以住上很久很久，除了自己，帶刺的孤獨和悲傷，會填滿剩下的部分。

想到這裡，忍不住呼出一口氣，刺蝟大概是受了干擾，不知道是非常不適還是非常舒服，突然扭身動了一下。細細的雜色的刺針順著身體的肌肉，像是突然綻放出溫暖的光芒。

冬天還沒有來，春天更是非常遙遠。廣闊的草地上風吹著，草

除了自己，帶刺的孤獨和悲傷，會填滿剩下的部分。

葉草莖四下搖晃。總有什麼低低守候著，有時候動搖，有時掙扎，但一直沒有放棄希望吧？

明年的春天，這片草地裡，會開滿燦爛的花嗎？

顛倒世界

小小的蝙蝠倒掛在深色的樹枝上，彷彿倒掛在黑夜深深的縫隙裡，好安靜，像是小小的一串桑葚或葡萄什麼的。聳著肩，收起長長的翅膀交抱在胸前，像在保護心裡的祕密。

夜已經很深了，但校園裡才剛剛開始熱鬧起來。我走出教室，經過長長的走廊，沒有人，走廊上的燈都熄了，昏暗一片，但明亮的路燈燈光繞過廊柱，一方一方投入走廊，像在黑色的牆面上又打開了窗。橙黃的光，讓我覺得自己走著的這條路，是正確而且安全的。教學大樓外正大聲播放著音樂，砰砰砰節奏明快的流行樂，我探頭去看，看見幾個男孩女孩正就著大樓正面的落地玻璃練習街舞，動作俐落敏捷，好像充滿想法與說話的欲望，但在音樂裡一言不發，只用身體表達。偶爾下地板動

作，身體一沉，便奮力將自己撐了起來。好像一轉眼就將地球扛上了肩，一拍兩拍三拍四拍，再一晃轉個身，又輕手輕腳將地球放了下來。

好迷人啊。我停下腳步，完全被跳舞的他們吸引了，雙手抱胸，小心探出走廊，好奇但又有一點不好意思。真想知道，當他們顛倒著面對世界的那個剎那，是不是覺得自己快樂一些、也重要一點了呢？

我喜歡看他們跟著節拍、按部就班的原地踏步，偶爾一個動作超前，偶爾刻意脫離節拍慢下腳步。我喜歡他們這樣使用時間。我喜歡他們比時間更倔強一點的那種感覺。漸漸進入春天的校園裡，晚風很輕很輕，有時稍稍加強了力道掠過我，又回頭打量我，提醒我，作弄我，把我身上條紋衫的領子翻過去，又翻過來，不知道要檢查什麼？

退後一點看，我們都是符合世界上所有的規矩的人。跳街舞的男孩女孩練到一個段落，紛紛撐著地板坐下來，喝水，說話，

休息。但音樂沒有停，繼續往下一首歌前進。只剩下一個高個子的馬尾女孩，站在離玻璃較遠的地方，繼續重複著某一段八拍，那是下地板動作的前一個八拍，一個不好拿捏、小幅度但很有力道的肩膀動作，像是在為等等舉起地球熱身準備。她獨自站在較遠的地方，不合節奏地跳著那一段舞，重複，一再重複，影子伸長了落在地上，伸向遠方，掠過階梯下路過的人的臉龐。

回過神轉頭看，蝙蝠已經不在原本的樹枝上了。現在蝙蝠不知道躲在怎麼樣的角落呢？全知、敏感但是羞怯的蝙蝠，可能倒掛在我所不知道的另一棵樹梢上吧，在黑暗而溫暖的春日晚風裡，收著翅膀，聳起肩，不動聲色聽著音樂中我們無法察覺的音頻細節，脆弱、小心地揣摩著寂寞的感覺。

我懷念那些當年與我一起躲在世界暗處的人，聰明而羞怯，有點頑皮，但都那麼善良，希望世界更美，有時候，不惜顛倒著看待這個世界……

希望世界更美，
有時候，
不惜顛倒著
看待這個世界。

夢與時間

貓咪在空曠的體育場裡睡著了。

夜已經深了，月光像是薄薄的草葉，散發著令人安心的氣味。我走進離海不遠的陌生體育場，沿著迴廊，小心翼翼地走，輕輕的腳步迴盪在長長的廊道間，空空的，有點孤單，但感覺自己非常專注且真心。這樣的情境好熟悉。想起中學時候的每周二下午，工藝課，靠在教室一角就著午後的日光，用砂紙細細打磨剛做好的木書架，窸窸窣窣，偶爾停下動作，翻過砂紙輕輕吹一口氣，雪一樣的木屑粉便灑落下來，砂紙上閃著細小的光，像星星。

就是那樣的狀態吧。生活，睡眠，做夢，應該要是那樣專心研

磨、仔細拋光的事情。我走上階梯，來到空蕩蕩的看台區。純白色的遮棚從入口處沿著體育場的大看台，非常闊氣地繞了一大圈，再從另一側向場外延伸出去，整體造型是一個潔白的巨大問號，彷彿天使曾經飛過這裡的痕跡。我順著看台階梯往下走，在看台下，發現一隻貓咪竟然蜷著身體睡著了，手手腳腳小氣巴拉地收在一起，尾巴捲起來，睡歪了的頭挨著毛茸茸的手。一片雪白的懷裡，彷彿抱著什麼非常寶貝的東西。

我小心走近，也像貓咪一樣輕手輕腳，一樣好奇，小心翼翼靠近熟睡的貓咪，觀察她，擔心她，想像她的心情與夢境，但不希望她被吵醒。她是從哪裡跑進來的呢？閉館多日的體育場若無工程或活動，往往大門深鎖，沒有食物，沒有水，沒有燈和影子，沒有其他一起喵喵叫著蹭來蹭去的夥伴傾聽她的得意和埋怨，就這麼睡在這裡，不覺得不安嗎？醒過來的時候，也不害怕空虛或寂寞的感覺嗎？

我是不可能理解貓咪的。我將手伸到貓咪的鼻子前，希望睡熟的貓咪記得我的味道。貓咪的呼吸是透明的——甚至有那麼一

生活，睡眠，做夢，應該是要專心研磨、仔細拋光的事情。

瞬間，我幾乎要以為，那隻睡著的貓咪就是透明的，我看不見她，我只是在乎她而已。

此時的體育場只有絕對的靜，靜得彷彿有什麼正在融化著。我抱膝蹲坐下來，下巴抵著膝蓋，靜靜注視貓咪，背光的貓咪彷彿消失了，只留下背脊的輪廓像是一列縮小的山脈稜線，感覺好近，卻也好遠。我轉頭看看四周，細小的草在悄悄生長，小鳥蹦跳著，脆弱的淡色小花一朵一朵開了起來。樹葉慢慢飄落下來了。海浪可能在體育場外稍遠的地方打上岸，帶走一些瑣碎迷離的沙，和貝殼，又以另外一些偷偷填回。螃蟹靜止在濕漉漉的消波塊間，為自己選擇顏色相近的背景，悄悄地換殼。毛色斑雜的街狗輕快地跑過海濱弧形的長路，像是夜裡漫遊的少年，也像遠遠運行的星體。風在吹，在尋找，確認，聯想。風是青春期的某一瞬間。而月亮溫柔且隱密地替我們照看著所有事物陰暗的那一面。住宅區的房屋在夜裡悄悄鬆動了每個細節，很慢很慢，讓我們漸漸能夠放下情緒，能原諒、適應自己的心，在時間與夢境裡養成或好或壞的習慣，與喜歡。

那麼多事情正緩慢地運作著呢，每件都能想作是貓咪性情的一部分，但又都與貓咪沒有關聯。貓咪永遠都是那個樣子的：好奇，但是無聊，無聊當中又不可動搖地堅持著某種決心，而那種決心只有真心愛她的人能夠感應。這很矛盾，但真的就是這樣的。我想像在我來之前，貓咪說不定還醒著，決定了不如今天就從體育場的這頭走到那頭吧！但走著走著可能分心，然後就累了，想睡覺了，兜著圈找了找，一屁股坐下來，軟軟的腳掌在地上踩呀踩，呼嚕嚕低聲歡呼，像是一個小火加熱、胡亂燒著水的滿意的小水壺。

長長的跑道繞了一圈又一圈，是不是永遠都不會通往別的地方呢？此刻貓咪也繞成一個小圈圈，挨著自己睡熟了，露出一點點的肚子，不知道懷裡到底擁抱著什麼？我站起身，但或許是蹲太久了，只覺得一陣暈眩，夜空在夜裡旋轉，空曠的露天體育場，也在我和貓咪之外遠遠繞了一圈，像是一隻更大的貓將我們抱在懷中，靜靜守護著什麼。

在沉睡貓咪的知覺裡，巨大的體育場或許也只是貓咪的夢境吧，

因為抱有一個小小的信念，而願意夢想出一個更大的世界。

又或者是我的夢境。我真喜歡這個體育場，也曾不只一次隨著狂熱的人群擠進看台，去看那些奔跑的選手，快樂或憤怒的歌手，表演者，敘事者，詮釋者——那些我們曾以歡呼與鼓譟獻上祝福的人們，是不是也和我一樣，因為懷中始終抱有一個小小的信念，而能夠且願意，夢想出一個更大的世界呢？

這個世界上總有什麼是專屬於我、只有我能看見的。總有什麼，是值得我好奇追求、全心保護的。比如夢與安居的體育場，夢和比喻的體育場，夢與空無一人的體育場裡，那隻睡得旁若無人的貓咪，還有其他各式各樣的事情。我低頭看著貓咪，貓咪突然動了動手和腳，眼睛仍緊緊閉著，但嘴巴咂巴咂巴嚼了嚼，伸長了前腳，很快很快地向前奮力划了幾下——

即使是在深深的夜裡，做著無人知曉的夢，但為了自己的心，還是必須非常、非常認真才行啊。

不再毀壞之物

風和日麗的上午，壁虎趴在眷村的牆上，在牆的斷面、磚與磚之間，不動聲色，像是磚縫間沒砌平的一小塊水泥。像是靜物。

我不是故意走進這裡的，只是意外來到不認識的老社區，就此迷了路。沁涼的初春日光均勻地照著，是淡淡的桔子色，整個老社區彷彿凍在同一塊愛玉裡似的。隔鄰的社區還有住戶，但這區已經空了，居民全搬走了，屋子也壞得差不多，難以窺見往日全貌。還保持漂亮完整的，只剩街底的這面牆，以及牆上的字。算是街廓外緣屋子的圍牆吧？過了這面牆，再過去，就是村外面向山區、候鳥棲息的水潭和沼地，現在，也都闢建成公園了。

很奇怪，毀壞的屋舍在這樣美麗的日子裡，看起來毫無蕭條之感，像是沉浸在午寐裡的平靜夢境。我站在牆的一端，探頭往牆的兩面望了望，有點茫然，正想找人問路，剛好見到一個少年，背著光，看上去黯然而灰心地出現在牆的另一端，慢慢走著，一邊單手滑著手機，偶爾也抬起頭失落地四下張望，像還在等待什麼。他走到牆邊停下，我正打算開口叫住他的瞬間，他又一步往前走去了，瘦高的身影沒入牆中，隨即從牆的另一側出現。

只是一步路而已，但好像有什麼變得不一樣了。彷彿穿牆而過的少年經過破窗和女牆，繼續往前走去，走進日光裡。陽光打在他的臉上，側面的輪廓像是特意燙了金，光線過曝，有一種日系青春電影裡才有的、迷離卻又堅決的感覺。漫長的時間膠捲正在遠處小心轉動著嗎？少年繼續走著，轉過頭往我的方向望了望，我這才稍稍看清他的臉，五官的線條深刻，很剛毅的樣子，但掩不住那種受傷的表情，像是剛剛經歷了什麼沮喪的故事。那是先前他還在牆的內側時我沒注意到的。

壁虎趴在牆的斷面邊緣，就在我望向少年的視線上，隨時都要掉下來的樣子。如果不仔細去看就難以察覺的壁虎，此刻啾啾啾叫了起來。彷彿是指甲尖輕輕在課桌上敲擊的聲音，節奏暗暗應和著少年的腳步。又彷彿是木屐放輕了力道走過石板地。那聲音讓人胡亂地聯想起一些形象：比如說，一個老練打著暗號報信的把風者吧，或告密者，暗地通知著那些耗費時間與心力去偷竊或巡守的人；或者，一個嚴格的監督者，教琴的老師，節拍器，手中的藤條輕輕敲在黑板或白板上，帶著愛和威脅的意味。那聲音持續著，穩定而漫長，重複又重複，好像只要這樣，就能夠留住什麼、維持住最低限度的什麼，而不墜落下去一樣……

藍天白雲堆在地平線上，高高低低的雜樹與藤蔓搖晃在淡黃色的風裡。我揉揉眼睛，發現瘦高的少年已經走過視線的死角。荒廢的社區裡，此刻什麼人都沒有了。

只有壁虎還在。壁虎還攀在牆的斷面上叫著，啾啾，啾啾啾，拖著長長的尾巴，像是呼喚著、召喚著什麼。

再多給一點時間，
那些過往的故事，
故事完整的結尾，
還會再長出來嗎？

我伸手去摸旁邊的牆，小心不驚動壁虎，泥灰撲簌簌落了下來。地面上有一些窗玻璃的碎片，倒映著斷垣殘壁和我，像是一張張小小的、剪裁成幾何圖形的照片。灰落在上面，要遮掩什麼一樣。

猶豫而受傷的少年離開了。但壁虎仍在。而我們也還在，荒壞的住所裡面迷路了，斷了聯繫，失去好多，像一截壁虎尾巴那樣，爭取到痛而短暫的自由。

或許還需要再多一點時間吧？牆上的壁虎曬著太陽，胸腔靜靜鼓脹。

再多給一點時間，那些過往的故事，故事完整的結尾，還會再長出來嗎？

微小奇蹟發生的時刻

清早起床，聽見住家對面的小學放著音樂，好熟悉，是從前非常非常喜歡的〈飛鼠溪〉。清脆的琴聲與明亮的弦樂四下散落，響在管樂器悠悠的吹奏底蘊上，重複，一再重複，像是淺而焦急的溪水絮絮流動在和煦的日照當中。

昨夜好像真是匆匆下過一陣雨。我推開窗，探身去看，但現在路面乾燥而清潔，晨光沿著東西向的長路灑下，行道樹上的葉子像是新鑄的硬幣，金屬，或者更像是貝殼製成的，在無風、漸漸溫暖起來的空氣裡自信地發光。

我曾經遇見這樣的場景，懷著那樣的感情，在異國的旅程裡，一樣是清晨，戴著耳機，跑過筆直交錯的社區馬路，跑過公園

的草坪，上學去，以我還不熟悉的語言，去學習我更不熟悉的知識與其背後的文化意義。現在想來真是不可思議的生活，費解的字彙挾其美好意涵，屢屢出沒在我的生活裡，像是詩裡一個突兀陌生的意象，倏忽現身，稍縱即逝。最後學到了什麼呢？我已經全部忘了，我只記得美好的風景，只記得上學途中，那種邊跑步邊將乾燥的冷空氣吸入胸膛中的感覺，充滿鼓舞與刺激，甚至帶著一點點善意的挑釁，要你前進，繼續前進。穿出社區是一條小溪，溪上有橋，在春天日光的照耀下，被水利工程馴服了的小溪好像仍帶著一點野性，翻翻覆覆撥弄著溪裡的卵石，發出聲音。陽光越過橋面直直射著的地方，水光與石塊，都成了歡呼與金礦……

如果遇見同班的同學，尤其如果遇見那個女孩，有時我會在這裡慢下腳步。但大多時候並不。大多時候我繼續跑，有時加快速度，過了小河，是小小的林地，林間往往有松鼠靈活奔跑著，偶爾停下來，張著黑而機靈的眼睛看你，吸引你，等你停下看他們，又一溜煙竄進樹林。好像指引著什麼祕密啊——可是我知道沒有人能理解所有的祕密。每回松鼠竄入林中，我總覺得

無比沮喪，又默默慶幸，像是上一秒才發現那個我偷偷喜歡著的女孩是不喜歡我的，下一秒又亡羊補牢地明白即使她是喜歡我的，我們也並不適合。我也曾在黃昏時分見過那些松鼠，好像永遠不懈地追尋著什麼的松鼠們，忙碌搜索著日常瑣事的松鼠們，為下一次的搜索與追尋而靜靜休息等待的松鼠們，隱喻一般、靈感一般轉眼間便逃逸無蹤的松鼠們。松鼠們。黃昏時分的林子裡，我還看過其他動物，遠遠在草堆中蹲坐嚼著草莖的野兔，或者——或者遠遠從林間滑行、一閃而逝的飛鼠……

這都是從前的事了。我想得有些出神，回過神時鐘聲正響著。路口紅燈亮起，導護的老師和家長放下旗桿，擋住來往車行，路邊的小孩們便規矩地走上斑馬線，大包小包，帶著滿滿的疲倦與愛，揉眼睛，無精打采地嘻笑，或吵架，像正要出發去遠足。他們喜歡上學嗎？他們喜歡同學嗎？他們認同老師、以及老師所教的東西嗎？學習與旅行，以及喜歡，都是那樣讓人微微發燙的感覺啊，我猶豫地想，繼續想，像是將手伸入流逝的冰涼的溪水，試圖挽留什麼，嘩嘩水聲輕輕濺起就消散在空中。

學習與旅行，
以及喜歡，
都是那樣讓人
微微發燙的感覺。

一個瘦小的男孩遲了，從隊伍出發的地方快步奔跑過街，全心全意跑著，那麼認真，彷彿跑過這個路口，便能長大成人。全力奔跑的男孩吸引了所有人的注意，替他爭取了本已過去的時間──導護老師繼續橫擺著旗幟，車子也紛紛慢下速度，小孩隊伍尾端的女生回頭看著他，好像一切都緩了下來，靜止下來，唯有渾然不覺的男孩繼續拼命跑著，手擺動時，披在身上的外套也張揚開來，迎著風鼓得滿滿的，好像就要飛起來了──

「我看見飛鼠了！」想起從前那個女孩驚呼的模樣。飛鼠消失了，消失了，便是飛鼠最迷人最珍貴的時刻。

只有沉默的人了解我

晴空萬里的上午，走過公園轉角，看見彩色的鸚鵡斂著翅膀，靜靜站在那年輕女子的肩上。

不知道這鸚鵡能說什麼有趣的話呢？轉眼間又到花季了，市區大公園的花圃換上了當令花卉，好多顏色，好不真實，亮晃晃爭相向人展示——既展示花海的熱情，或許也展示了花在花海之中的孤獨與焦慮。豔陽底下我沿著公園外圍慢慢地走，漫漫地看，汗從額上細細冒出來，轉瞬間又被南風吹乾。

這就是青春的感覺啊。想法冒出來又轉瞬消失，像是水裡的星星，空氣中的水氣，新學來的流行語，偷偷的喜歡，改變了我一點點後很快就被代替。我沿著公園外圍走，矮小的行道樹也

都是新移植的，枝葉稀疏，擋不了陽光，但仍很有朝氣向上伸展，信心飽滿的模樣。我看見走在前頭的小男孩仰著頭走過一株又一株行道樹，頑皮地拍拍樹身，跟樹說話，樹便輕輕搖晃起來，好像互相勉勵著：要一起好好長大啊。

我走了很長的路才來到這個轉角，遇見那女子，和她肩上的鸚鵡。可能是等著紅綠燈過馬路吧？女子站在艷陽下的轉角路口，眯著眼睛看向前方，非常滿足的模樣。為什麼選這樣的天氣帶鸚鵡出門呢？女子戴著觀光客一樣的寬沿草帽，穿淺色洋裝，幾乎就是從青春電影裡走出來的人物了，我注意到她胸前垂著好看的木墜子項鍊，鍊身是黃銅製的，遠遠繫著她的後頸，迎著陽光閃閃發光，鍊身一環銜著一環，像是女孩們細瑣說話，遠遠看時，彷彿一道細細亮亮的夏天的山澗。

鸚鵡站在那女子窄小的肩膀，偶爾收放爪子稍稍調整一下位置，昂著頭，翅膀張也不張，很篤定、對於自己突兀的存在很滿意且毫不在乎的樣子。細細的爪尖始終勾著女子薄外套的上緣，腳上沒綁什麼鍊條或環扣之類的束縛物。我看著鸚鵡的爪尖輕

輕咬著那女子窄小的肩，有一點心焦。她不覺得痛嗎？鸚鵡可能也不是真用力抓著她吧。既不抓牢女孩的肩膀，也不張開翅膀，那鸚鵡站在稍不慎就可能摔下的、窄小的肩上，卻沒有流露任何一點緊張不安的模樣。

路口一直亮著紅燈，女子就一直站在那裡。我與她錯身，客氣地給彼此一個微笑，往前走，想像她或許因為好奇或其他理由稍稍側過臉看了看我，或想像她始終堅定地望著前方毫不保留。我也沒有回頭，沉默著繼續往前走，轉過彎，走進公園步道的入口，走進花團錦簇的迷宮，各種顏色的花卉綻放在太陽底下，像是瞬間的火，但我無話可說，只能繼續走，沉默著，像一個在煙火後頭偷偷亮著的三等星，或四等五等，沒有人看見我，即使是我自己也看不見我那麼沉默。但我知道自己的思慮和感覺是什麼。

沉默也有許多顏色。失望與脆弱的時候，許多人給過灰心的我不同說法，嘗試提供我或冷或暖的能量，像是沾著不同色彩顏料的刷子嘗試粉刷窗門掉漆的部分。但再怎麼掩飾，漆的底下

我們如此不同，
但總有人接受這
樣的我。

微微凹陷、受創的記憶，都是永遠存在的。好忙碌好繁華的世界啊。每一個人都在自己的說法裡不斷說話，嘗試爭奪目光，教導我，爭取我，排拒我，襲用前人的句型和語式，總是有話要跟我說，總是要我相信那些話絕不會錯。

但我們都只能被自己說服。只有沉默了解我。我想那女子是沒有再看我一眼的，但或許沉默的鸚鵡曾經轉頭看著我，艷艷的南國烈日之下遠去的我，有著好多好多的想法像是一身美麗多彩的羽毛，但就是不說別人的話，不透露一丁點別人的聲腔。

那麼美麗的鸚鵡與女子呐。夏天的太陽仍然照著我們每一個人。想來應該感謝，我們如此不同，但總有人接受這樣的我。

夜的深處

窗外傳來貓頭鷹的叫聲。

那是非常緩慢、屬於夜晚的聲音。應該有很多方式可以形容那樣的聲音，但很難找到合適的狀聲詞。那聲音混合了木頭和金屬的質地，彷彿盛放在瓷製的容器上，介於摩擦和敲擊之間，屬於某種深不可測的諭示；但當聲音靜止後回想，卻是往日抒情的感覺。會有一種狀聲詞可以形容嗎？事實上可能也不需要吧。我們知道貓頭鷹，而那就是貓頭鷹的聲音。

第一次注意到這樣的聲音是什麼時候，我已經記不得了。回想起來，我也忘了是從何時開始知道貓頭鷹這種動物的。小時候住家附近，每到春夜，總會傳來這樣的聲音；學校的兒童繪本

上，也不時出現貓頭鷹的身影。我稱呼那是「很聰明的鳥」。似乎從有記憶以來貓頭鷹就一直都在我的生活裡了，但我是什麼時候不再稱呼他「那種鳥」，而稱呼他「貓頭鷹」的呢？

第一次把「貓頭鷹」和「這種聲音」連在一起，則是在中學時期的一次校外營隊，有個夜間巡禮的活動，名義上是探索生物多樣性之類的，但大概也有一點夜教的意思，大家躡手躡腳，興奮又害怕地走在林間草地，既怕黑，又怕黑暗裡可能藏匿的其他事物。走著走著，突然就聽見了貓頭鷹的叫聲，從不知道哪個方向的半空中傳來。

對我來說，那是非常親切的聲音。但不知為何所有人都顯得非常驚嚇。我還記得走在身旁的那個馬尾女孩，摀著嘴壓抑地叫出聲來的樣子。那是一個很美的女孩，剛到營隊時見到她，我一句話都說不出來。該怎麼說呢，她符合我、或說是超出了我對「漂亮」這個詞彙的認識，甚至超出了我對這個詞彙的想像。那就是「美」嗎？但我不好意思告訴她。能怎麼說呢？我根本還不算是認識她啊。

帶隊的哥哥姐姐們要我們都蹲下來，開始說，大家都聽見了嗎，這非常難得，那就是貓頭鷹的聲音，那是一種怎樣怎樣的貓頭鷹，什麼習性之類的。他們一邊解說，一邊抬著頭四處張望，後來甚至拿出手電筒往枝枒間可能的位置去照，想找出他究竟藏在什麼地方。空中仍斷斷續續傳來貓頭鷹的叫聲。可能是因為恐懼吧，大家全縮在一起，好像那聲音與我們非常接近；卻又因為陌生，以及只有我能感覺到親近的那種孤單感，而顯得離我們（尤其是我）非常遙遠。

貓頭鷹的聲音持續著，在手電筒逡巡的燈光中，像是一個很深的洞，又像是一道暗示太少的謎。我聞到隔壁女孩的髮香，感受隊伍裡躁動的情緒，聽見隊輔安撫的話語，以及……以及貓頭鷹和他的聲音。費了好一番功夫，我們終於在前方的大樹上找到他了，灰褐色遠遠斂翅站在昏暗的枝葉間，探照的光掃過去又倒退回來，停在貓頭鷹的身上。

照到他的瞬間，聲音突然停止了。貓頭鷹瞪著大眼，俯視著抬頭仰望的我們。

像是一個
很深的洞，
又像是一道
暗示太少的謎。

看見貓頭鷹了。但貓頭鷹的聲音，也在那一瞬間消失了。哥哥姐姐們又開始解說起來，帶著一種滿意的、博物館解說員的口吻。燈光打在貓頭鷹身上，他動也不動，直視著燈光，彷彿是標本，或是神像。好像是假的，但又似乎帶著某種不可知的神性。在此同時，我們也漸漸適應了黑暗，漆黑的林子漸漸顯得溫亮了起來，可以看見植物的輪廓，風的擺動，身邊認識了、熱絡的、但還遠遠不夠了解的友伴。衣領的樣子，手錶的樣子，眼鏡的樣子，髮飾的樣子，乾淨而且年少的樣子。那我呢？我看向身旁的女孩，她剛好也往我這邊看，或許因為看不清楚，而坦然地笑了起來。我還記得剛剛出發時，她在燈光下重綁馬尾、調整好看的背包背帶長度的樣子。那麼好看的女孩，也看見我的樣子了嗎？

不太記得隊輔們都說了什麼。只記得帶頭的大哥喚我們站起身時說的話。那就是貓頭鷹的聲音喔，這樣，以後知道了嗎？他輕鬆說著。

我站起來，回身也伸出手，讓女孩拉著我站起來。女孩的手軟

軟的，但是張開的手指很有力氣。我鬆開手，轉過頭，再望向貓頭鷹所在的地方。手電筒已不往那裡照了，枝枒間是一片黑，但或許是心理作用，隱隱約約好像仍能看見貓頭鷹的身影。

好奇怪的感覺啊。我注視著貓頭鷹的時候，我卻覺得，貓頭鷹已經不在那個地方了。

那已經是非常多年前的事情。當時的友伴們、哥哥姐姐們，現在在哪呢？做著什麼事情？我完全不得而知。我也不曾試圖去找回什麼，再也沒有聯絡任何人，再也沒有回過當時舉辦營隊的地方。但或許也因為這樣，當時那些感覺到現在依然非常清晰。那種終於被看見卻又孤單的感覺，像貓頭鷹的聲音一樣。

現在，窗外又傳來貓頭鷹的叫聲。神祕的，好像蘊藏著深邃能量與智慧的，與時間無涉而充滿可能的，貓頭鷹的聲音。這些年我沒再看過野生的貓頭鷹，此刻也沒有開窗去找的念頭。但我覺得我好像看見貓頭鷹了。那是未知的冒險，像孩童想像中那種奇幻的旅行，永遠能順利渡過險阻的我，跋涉千里，抵達

那種終於被看見卻又孤單的感覺，像貓頭鷹的聲音一樣。

某地，再快快回到原本家中的房裡，躲進被子，感覺善良而全知的神，隔著窗戶，就住在我的隔壁。

感覺善良而
全知的神，
隔著窗戶，
就住在我的隔壁。

輯三／

看見花火了──

──戀舊的人，擁有蜂蜜一般的時間……

花火在空中緩緩墜落，

留下煙霧和迴盪的聲響。

那是蜂蜜。蜂蜜的花火。

樹上的豹

周遭的草木陸陸續續被遷走了，廣場上，只剩下那株衰老的大樹。樹很高，但大概不會再高了，雜亂的枝幹向四面延伸，好像已經失去方寸。

也可能就只是變得虛無而已。我望著樹，有些感慨，落淚一樣掉著葉子，轉眼也已經是去年的事了。現在的樹下打掃得乾乾淨淨，長了新綠的草皮，整棵樹好像從叢林冒險的劇情被搬進了童話故事裡。還有誰記得去年發生的事呢？樹旁的空地暫被闢為公園，聽說更久以後，會重新規劃為住宅區，而樹此時所在的位置，就將成為社區孩童玩耍的中庭……

不知道樹知不知道這些。樹安靜地搖晃著，在空無一物的夏日

天空裡，彷彿只是一虛應故事的螢幕保護程式。

曾經我也像是每一個學有專長的復育員那樣著急，但現在不了。只是有點畏懼，也有點傷心。我望著樹，覺得仍有一雙眼睛隱藏在枝葉繁盛的樹冠裡，高深地、靜靜地注視著我。衰老的豹還守在高高的樹冠裡。我打心裡明白這些，打心裡相信。我知道，這些年來許多事情令我質疑，失望，灰心，但關於最最重要的部分，直到現在我仍然沒有放棄。

樹安靜地搖晃著。即使是堅決的豹，大概也慢慢老了。

但是衰老的豹，還守在高高的樹冠裡。

關於最最重要的
部分，
直到現在
我仍然沒有放棄。

飛禽區

動物園飛禽區的巨大網籠裡空蕩蕩的，金色陽光灑滿了樹木與造景。原本掛著解說牌的地方都重新上了漆，淺色的牆面，另畫上了鮮豔、討好的卡通圖案。整個飛禽區像是一座淪為廉價觀光景點的巨大神殿。這裡本來展示著什麼種類的飛鳥呢？

攔了幾個員工詢問，但沒人記得了。我東張西望，氣餒又灰心，動物園的動線與格局全改過了，曲曲折折，到處隔著玻璃帷幕，視野是開闊的，但空間反而比從前更窄。就是這種四處碰壁的心情啊。我沿著玻璃牆面走，轉了幾個彎，終於在不遠的草坪邊上，遠遠看見那個老人。

那個知道最多故事的老解說員，不知為什麼，此刻正坐在玻璃

帷幕隔起的飛禽區當中。瞇著眼，好像在笑，但不確定那是真笑，或只是從前愛笑所留下的皺紋？飛禽區裡陽光燦爛，平整的草地剛剛整理過，但兩側的樹並未修剪，參差雜亂地冒著細小的花苞與嫩芽。老人背對著人群，坐在離玻璃很近的位置，偶爾稍稍仰頭往天空望，不知道在等待什麼。我用手指輕輕敲著玻璃，想引起老人的注意，但那玻璃比想像的厚太多了，從指間傳來的聲音與其說是敲著玻璃，更像是敲著一堵透明的牆。

我不知道該怎麼形容他。那老人懂的太多了，尤其關於禽鳥諸事。從前我還小的時候，每回到飛禽區總要擠到隊伍的最前頭，舉手提出花了好多時間才想到的冷僻疑問，然後聽老人飛翔一般旁徵博引地說明，聽得入迷。但他後來什麼都不提了。斷版的故事輾轉幾回，就變成了傳說。聽說老人曾是冒險家，癡心追著鳥群的棲地觀察，直到在山間摔壞了腿為止，談起飛鳥，總給人一種樂觀、堅定、卻又落寞惋惜的感覺。那是一副屬於高海拔的陽光口音，什麼鳥的鳴啼或習性到了他的嘴中，都能找到柔軟可棲的象徵意義——

偶爾稍稍
仰頭往天空望，
不知道
在等待什麼。

其實回想起來，好像沒有任何一個「他的故事」是直接由他口中說出來的，什麼羞怯而稀有的飛鳥啊、神祕的遷徙路線啊、族裔間的殷殷互動等等，要不是旁人轉述他的故事，不然就是他引用別人的經驗說明。但聽起來就是那麼動人吶，就是那麼溫暖、靠近，彷彿那些故事全是他專心一意為我打造的，只是過了幾手、許多波折，才終於抵達我的胸口。很難形容那種感覺。我想起小時候順水放漂的紙船，河道只有一條，玩伴在上游所放的船，最終都要來到我手中——雖然難免都溼透的了，船身上的字渙散開來，脆弱欲裂，帶著宿命而傷心的美感……

會不會這就是他想要的呢？保持一點距離，讓聽故事的人都能看得聽得清楚一些，有一點餘裕去思考去感覺，去爭論與想像，然後相信得更深一點。老人在玻璃帷幕外拿下眼鏡，輕輕擦拭，又戴回去，抿著嘴望向天空，一邊伸手在口袋裡掏找，摸出菸盒，低下頭，又瞇起眼，用那種好像在笑的靜暖的表情，仔細地點起菸。

隔著玻璃，背著光，我看不清老人手中的菸，只能看見菸頭在

160

161　輯三　鳳凰

指間慢慢地、靜靜地燃燒著，還原為那種半熟蛋清一樣的蠶絲白，細而柔軟的煙，緩緩飄散，稀薄而艱難地上升，在風中消失了，後頭新燃放出的細煙隨即彌補上來，像是河中的水波，像是可以看見的夏風連綿不絕的指紋，某種編練中的新舞蹈，演化中的文字符號，某種夢中見過但還未及實踐的、極高難度的飛行路線⋯⋯

煙就這樣靜靜飄著，有那麼一瞬間，隔著厚重無聲的玻璃，我非常確定，我真在那煙當中，看見老人一瞬間變回少年。那一瞬間，在少年因反覆扳弄而漸漸結實起來的指節上，棲停著一隻灰雪色的，斂翅休息的鳳凰⋯⋯

斷版的故事，
輾轉幾回，
就變成了傳說。

一直在我們身邊

只有無人在場的時候，廢墟才能綻放出那樣乾淨的光芒。在光後頭，隱隱有麟甲閃爍著，顏色介於晴日的水花和蒙了灰塵的金屬之間。那是什麼呢？

我也不太確定，這會不會只是一場午後的夢境？艷陽高照的夏天，日式的木屋彷彿沉沒在茂密的藤蔓之中，乾涸的古圳裡，重新溢滿了清澈的河水，河裡長滿水生植物，有些隨水漂動，有些只是根浸在水中而已，伸出水面的部分甚至開了漂亮的花。布滿細節的畫面，似乎也充滿聲音，但仔細去聽，又似乎什麼聲音都沒有。

軍隊已經揹著槍走遠了，消失在光影斑剝的樹叢間。那是很久

以前的事了，戰爭在遠方發生，受挫與受傷的兵提前離開戰場，退到這一帶安營，帶著食糧、信念、因傷害而生的沮喪、以及憤怒。有人說他們不是兵，只是飢寒交迫的獵人而已，也有人嚴肅地糾正這件事情。如果——我是說如果——如果是獵人，他們在追獵著什麼呢？有人神祕地壓低了嗓子說，是麒麟。麒麟？也有人總是迴避這些話題。有人甚至聲稱他們從沒來過，信誓旦旦的這些那些目擊事件，槍聲，咆哮，呻吟，都不過是歌謠、藥物與季節所帶來的幻覺。

但這怎麼可能呢？無論如何，聚落就是一夕間衰落消失了，牆上留著隱密的彈孔，總不可能什麼事情都不曾發生。我撥開草叢，艱難地往房子的方向前進，草叢踏上去像是柔軟的地毯，每踩出一步，便能聽見草叢遠遠近近發出細密騷動的聲音。廢墟越來越近，越顯巨大，靠近時仰頭張望，一個個都像是跪立或蹲坐下來的巨人的骨架。

在更巨大的時間與空間面前，廢墟其實只不過是一個詞而已，真正的主語，應該是故事才對。我在廢墟間艱難地走動，帶刺

每個受傷的人
都是一幢老房子，
時間走過，
屋傾牆頹，
千瘡百孔。

的藤蔓植物攔在空空的窗格和門框裡，像在守衛著什麼。但房間裡頭什麼也沒有。沒有生活的痕跡，沒有香氣或臭味，沒有任何會勾起聯想的禁忌或證據。草藤繞著屋子生長，偶爾驚起的小蟲蹦跳在叢草之中，蚊蚋在光影間鬆懈地飛行。整個社區像一只靜止的錶，齒輪逐一停下來了，人和傢俱淡出畫面，彷彿遁入了另一個平行的時空裡，似乎仍然存在，但已經與此時此地沒有關係了。

這就是傷心的感覺吧。我站在屋子和荒草中，覺得失落而且抱歉。每個受傷的人都是一幢老房子，時間走過，屋傾牆頹，千瘡百孔，已經沒有辦法繼續保持本來的樣子了。毀壞的地方，人要搬走也是必然的，但能帶走的，也只是往後還未發生的事情而已。故事還是會繼續住在這裡吧？寬容豢養著從前生活中的直覺與想望，那些幻想裡小小的動物朋友，也都長成敏銳而健壯的異獸了嗎？

我想起老一輩口中關於麒麟的傳說。斑駁光點穿過樹葉的縫隙，灑在從前的巷弄之間，像是純潔的腳印，也像血跡。麒麟真的

存在嗎？那些軍人或獵人，真的是為了追捕麒麟而來的嗎？如果這些都是真的，那……後來發生了什麼事情呢？麒麟被抓到了嗎？麒麟受傷了嗎？還活著嗎？

無論如何，麒麟確實已經消失了。已經很久很久，沒有人在這裡遇見他，或僅僅是談論他了。我在廢墟間徘徊了一陣，一無所獲，有些失望，決定放棄，但莫名也有了一點安心的感覺。循著來路往回走，聽見清澈而淒切的鳥叫。巨大的天空裡吹著秋天的風，帶著很低很低、卻也很高很高的轟鳴聲，空襲警報一般。但我想空襲警報是不會再來了。

伴著滿腳的鬼針草，我回到來時的草叢入口，走出被樹影籠罩的廢墟，陽光譁然灑下來，叫人暈眩得無法看清。我伸手抵擋陽光，回過頭，想再看廢墟一眼。而就在轉頭的瞬間，我看見麒麟了──

留下彈孔的牆壁上，樹影漫漫搖移，荒草過腰，彷彿我剛剛根本不曾進去過。受了傷的麒麟慢吞吞走在當中，從一端的暗處

毀壞的地方，
人要搬走
也是必然的。
但故事還是會
繼續住在這裡吧？

正往另一端前進，像艱難涉水的人，也像是全無所謂、不住不壞的遊魂；斷了的角，切面處是黃金色的，像是一道陽光剛好投照在那裡，遙遙選中受傷的聖獸，在凡間閃閃發光⋯⋯

那只是一瞬間的事情。我眨眨眼，定神再看，眼前又只剩下一片衰老的房舍。麒麟消失了，過往的居民消失了，街景消失了，聲音也消失了，只剩下完整的廢墟。廢墟是美麗曾經在此存活的證明，反光的鐵皮，破損的玻璃，漆色剝落的金屬製器，在秋日晴朗的陽光下，這一切像是被遺忘的營火一般衰老地燃燒著，慢慢調色，向終將熄滅的命運靠近。夕陽在風裡亮著橙紅的訊號，像一顆成熟的果子，正從無人照料的枝頭緩慢而無盡地墜落——

麒麟應該是住在這裡的。當所有人都在時，我們已知道麒麟就在我們身周，即使沒有人真正看見。唯有在所有人都離開以後、再也沒有人願意相信與在乎的時刻，某些偶然的、恍惚而困惑的瞬間，麒麟——那樣難以形容的麒麟，才會真正出現。

166

鱷雀鱔

又是選舉的季節,城市的道路和便橋上插滿了候選人的旗幟,
風來時迎風飄揚,盆地像是被煮沸了一般。打電話告訴爸媽將
返鄉投票的那天剛巧染了重感冒,父親沒多說選舉,但聽出了
我濃濃的鼻音,說,又是感冒的季節啊。

頭重腳輕地穿過翻騰的旗海去搭車,到站出站,又穿過翻騰的
旗海回到老家,多浪而暈眩的季節,但或許是感冒的關係,內
心卻是冷清的。整個週末,除了投票以外,唸一些深刻的書,
說了些輕鬆的話,與每次為了選舉而返家並無不同。家中兩代
人坐在電視機前彆扭地互相關心,話題不外乎哪些國家又瀕臨
戰爭邊緣,朝野大黨展開激情的對壘,夾身其中的小黨的各種
失敗與勝利。但感覺一切都離我好遠。感冒連日不癒,大半時

間我都在昏睡，睡得不好，一直做夢，夢到旅行，愛情，逃亡與冒險，夢到自己躲在某個地方為了某件我已經不記得的事而逃避一個我也不認識的人。整天睡睡醒醒，有時醒來看到政論名嘴尖銳的言語，有時是科幻電影，有時是綜藝節目。其中一次醒來時，電視正播著父親愛看的探索頻道，但父親不知道哪去了，只有我一人睡在客廳裡。

探索頻道正介紹著一種大魚，好像叫鱷雀鱔，肉食，生長於美洲的河川中，某些角度真像極了鱷魚，但其實不是，雖體型極大、外貌凶惡，但性情似乎是很溫和的，全身覆著鱷魚也難以咬碎的堅硬鱗甲。傳統部落和許多漁民認定他們是以高經濟價值的漁獲為食的，所以即使不吃他，若捕獲了，同樣格殺勿論。到底是不是真以那些高經濟價值的魚類為食呢？節目剛好進了廣告，沒把話說完。再度沉沉睡去之前，只記得鱷雀鱔為了繁衍後代而逐漸演化，現在鱷雀鱔的卵中都含有神經性的劇毒，保育研究人員不知道用了什麼方法，把卵中毒物弄成稀薄的液態物質，注入一隻張牙舞爪的小螯蝦體中，不多時那蝦便癱軟了下來，痙攣似地抽搐幾下，就不動了。節目的最後一幕是沉

默的鱷雀鱔擺尾逡巡於陰暗水域，水中長滿巨大的水藻，隨水波搖晃。鱷雀鱔到底是不是可怕的魚呢？

保育人員說，已經好多年沒看過真正巨大的鱷雀鱔了。「好多年」究竟是多久？「巨大」兩字的意思又到底是什麼？世界其實很小很小，我想起鱷雀鱔（到底是不是這個名字呢？他到底以什麼為食？印第安族人們到底有沒有誤解他呢？）那些帶著劇毒的卵，像是每個人一廂情願的、或善或惡的小小念頭。為了保護未來巨大的可能，而不得不懷著歹毒的戒心。

以卵為喻的話，世界其實很小很小，但若以人們對於卵的認真研究和仔細觀察來看，世界可能很大很大。我想起鱷雀鱔在巨大水藻間緩緩游動的身影，想起自己步行走過插滿選舉旗幟的大街小巷。在人群全天候的彼此注視下，誰都是被緊迫地追蹤研究的瀕危物種，誰都是殘忍且帶著深深倦意的肉食主義者，誰都是承受誤會、等待被獵殺的狩獵之人。但最初並不是這樣。最初我們期待的不是一條沉靜豐美的河嗎？所有的傷害與殺戮，只為著維繫最低限度的平衡。我們期待的，完全脫離這些

最初被期待的，
無不是單純
而美好的可能。

喻體喻依、體系和權力架構的，不僅僅是好好生活的可能嗎？

最初被期待的，無不是單純而美好的可能，經歷這些與那些的迷惘，所有混濁失控的心，終也將慢慢沉澱下來、回到最初的狀態中吧。我希望自己能就這樣下定樂觀的結論，並耐心等待，等待片尾鱷雀鱔那樣緩慢游動，繼續向前，而遠遠的，在畫面無法對焦的遠處水面，透露著朦朧但潔淨的光⋯⋯

隨即想起詩人楊澤的句子，「但聖人之道實未有／一天行於世上」──

註｜本文亦收錄於《青春瑣事之樹》，皇冠出版。

所在之處

天空低低壓了下來，抬起頭，但什麼都看不見。陰天的雲層後，傳來轟轟作響的聲音。

「那是龍，你聽見了嗎？」

那些阻礙以及挽留我們的

天空是沉靜而奇怪的青色。

傍晚，返家時刻。我只有回家時才偶爾經過這條巷子，除此之外，能避就避。整體來說，我不喜歡這條巷子，但又有些說不出的著迷與好奇——走在窄窄的單行道中，兩側比尋常更高的透天厝，總讓我覺得非常壓迫，尤其是冬日黃昏，空氣裡飄散著各種食物的氣味，淡淡的油腥，賣熱食的攤販附近冒著灰白的煙霧，兩側小攤上方的遮棚伸出來，幾乎蓋住了整條巷子上空的視野。整條巷子，顯得陰深而且憂愁。所有人都像是慢動作播放的老電影，背著光沉著臉，彷彿裹著長大衣那樣，縮在自己的陰影裡，面無表情地做事。有些人會轉頭看我，像是洞裡年老的野獸那樣，帶著難以形容的疲倦、警戒、以及幽微的

惡意。

這是附近一帶出入較複雜的區域，從我更小的時候，從這條巷子更年輕的時候，就是如此了。那時常聽長輩和鄰居們聊天時說到，這區，唉又是這區，這區的這裡或那裡，又發生了什麼事情。但到底是什麼事情呢？大人們看了我一眼，改用方言和外語交談，壓低了聲音，沒有人讓我知道是什麼事情，但每個人都告訴我，如果能有選擇，盡量、盡量不要走那條路。但是為什麼呢？

今天的天空是奇怪而沉靜的青色，看上去像極了陰天、但其實是尋常晴日的傍晚。就只是顏色不同。整面天空，像是憑空漂浮的水面，不知道天空的後頭是什麼，只覺得深。為了趕晚餐時間，我還是抄小路走進了巷子，心裡有些慌，但巷中空無一人，家家窗門緊閉，路面上積著淺淺水窪，反射著虛浮的光，偶爾風過輕輕晃蕩一下，又靜止。整條巷子靜得詭異，闃無人聲，甚至沒有貓狗或鳥雀的聲音。連風的聲音、我的聲音，都消失了。

所有人都像是慢動作播放的老電影，縮在自己的陰影裡。

彷彿空襲警報正以我所聽不見的音頻，籠罩著整個世界。

我繃緊了神經，心裡小聲哼起歌安撫自己，繼續往前走。真的什麼聲音也沒有。走到巷子大約一半處時，突然感覺到一陣強風從背後吹過，猛地撞了我一下，小巷兩側綿延的遮棚在風裡嘩啦翻了一浪，一瞬間便從我頭頂抵達巷底，像有什麼身手矯健、精神抖擻的鬼魅或是飛賊，正從屋上竄過。那速度之快難以形容，一消逝旋即恢復平靜。我停下來，不放心地抬頭看看頂上的遮棚，但彷彿什麼都沒有發生，剛剛猛然翻起的帆布也不過才幾秒功夫，便已靜止不動。

簡直像是刻意被按壓下來、制止下來的。帶著一種被俯視盯梢的恐懼感，我加快了腳步，想趕快離開巷子，心裡不斷告訴自己，沒事，沒有什麼，就是風吹來，然後又走了，只是如此而已。一邊這樣想著，也不敢在心裡唱歌了，神經質地稍稍靠近一側的騎樓，刻意避過地上的排水溝蓋和交通標線，但並不知道為什麼。

就在這時，巷底遮棚的末端，突然落下了一大片水花。在轉暗

的天色裡，完全安靜的巷子中，像有一隻墨藍色、半透明的神祕幼獸從棚上掙扎著摔了下來，哇地哀鳴了一聲那樣——

巷子底那是家的方向。劇場的後台，獸圈的前場，叢林與草原的交界處，藏寶圖上劃記的位置。巷子底是家的方向。儲放了最多禁忌、傷心、渴望和想念的地方。

那裡是家。
儲放了最多禁
忌、傷心、
渴望和想念的
地方。

彷彿停在這裡

駱駝站在工業區前，彷彿是半透明、可以穿透的虛構之物。

大路上沙塵飛揚。駱駝瞇著眼睛，幾乎是閉起眼睛那樣瞇著，迷茫又很自得的樣子。隔著路，我也一樣瞇起了眼睛，仔細去聽。遠處的廠房裡，夾雜在機械轟轟運轉的聲響中，是不是傳出了細微而溫柔的歌聲？

這是我們年少時候常來的地方，不為工作，也不為了消遣，大概是為了——為了對人生的想像吧。是想像嗎？在我們紛紛離家、到外地去唸書或求職以前，這裡的一切，是我們對「巨大」、「科學」、「機械」、「力量」等許多詞彙最初的理解——對世界滿懷好奇的青少年，沿著港畔的小路騎著借來的車，加快

176

速度，心裡大聲唱歌，四周是轟轟然巨物運行的聲響，塊狀的金色大風四下盤桓，偶爾撞上我們後無聲碎散，復又在我們身後聚合，風裡瀰漫著奇異的氣味、以及彷彿由夕陽崩解而來的細瑣飛沙⋯⋯

這就是我所初步認識的「力量」了：離海不遠的工業區，科學與意志共同構築的龐大建物群，佔去整片平原上最好的位置，人與車頻繁、規律且沉默地進出，全力運轉，彷彿向著更廣大的世界不懈地提問、乃至試圖還手。我們逃離家庭和課堂，大老遠來到這裡，用身體和想像，去體會虛無的巨獸在此漫長搏鬥。

我們常來。但其實我並不喜歡這裡，或者比較精準的說法是，在這裡我總覺得不知所措——我確實感覺到自由了，離開熟悉的環境，自由的規格與邊界隨著我的移動不斷拓寬，但是，我好像也隱隱察覺自己更多的不快與不耐。比如說，我討厭夕陽下山、滿載砂石的大車轟轟然駛出門閘。我討厭晚風裡的氣味，討厭在那樣的氣味裡像小男孩一樣打著噴嚏的自己。我也討厭

彷彿向著
更廣大的世界
不懈地提問、
乃至試圖還手。

騎著車魚貫進出的大人們臉上木然沒有表情，厭惡他們永遠急急忙忙前進但不說話的樣子，騎車不是一件自由的事嗎？我討厭不自由，但或許也討厭變得比較自由的我發現，全然的自由很可能並不存在。我討厭別人決定故事的方向，我甚至好像有點討厭故事是有方向、會繼續前進的。但我也討厭原地打轉。我討厭故事周而復始，討厭永遠待在故事裡的同一個位置，也討厭我在周而復始的故事裡空蕩蕩地幽靈一般沒有位置。

厭惡卻不甘心，一再前來，又怕又好奇，一邊理解一邊挑釁，什麼都想看看但什麼都不想要，這是懷著年少意氣才會做的事情，也是懷著年少意氣的人才能有的遭遇。在那麼多的討厭裡，從來沒有人來勸導我或制止我。沒有人試圖傷害我，干涉我，理會我。所有的人都看見我了，卻又好像沒有。我彷彿是不存在的。但不知道為什麼，坐在工業區前的大路邊咬著飲料的吸管，聽著所有的聲音交織在一起，往往我感覺到的不是冷漠，而是若有似無的溫柔……

好奇怪啊，但這樣的地方，竟然就成為我那段日子的祕密基地

了。建築在轟轟然的沉默裡的祕密基地。一個穿著制服的中學生，徘徊在上班時間的工業區外頭，卻不曾受到盤問，或驅趕。那是很多很多的冷漠所致，還是很多很多的體諒與寬容？

我就是在那段時間遇見駱駝的。駱駝總出現在工業區的門前，有時來回踱步，有時就動也不動站在那裡，繁忙大路邊上，彷彿靜物。印象裡他比我們一般在動物園看見的駱駝更壯碩，也更巨大，每每騎車經過，總帶給我震撼、想要迴避的感覺。原來駱駝的體型這麼大嗎？但也可能只是當時錯覺。或許單純是我靠得太近了？又或許是駱駝出現在那樣的情境裡太奇怪了，以至於吸引了我過多的注意和重視？

好多年沒見了，沒有想過能再次看見駱駝。隔著大路，今天的駱駝看上去像是病了，毛色斑雜，而且──而且比從前矮小好多。是因為我們離得太遠、保持著太過安全的距離嗎？還是駱駝真的變小了？

總之是有點不一樣了。其實整個工業區都不太一樣了。廠房周

什麼都想看看
但什麼都不想要，
這是懷著年少意氣
才會做的事情。

遭，零零星星蓋起了高樓，看上去應該都是近幾年的新建物。是它們使駱駝看起來變小了嗎？我向四處看看，不太確定。但比起高樓，以往巨大的、彷彿無盡的天空，應該會使駱駝看起來更渺小吧。

還是就只因為我們，真的長大了嗎？

駱駝站在醒目的、人來人往的大路邊，什麼都無所謂似地時不時嚼著嘴巴，像在喃喃自語，不曉得反芻著什麼。駝峰還是飽滿的，在不缺水的季節和不缺水的城市，駝峰似乎毫無用處。但駱駝站得直挺挺的，從以前到現在，總是如此，醒目的駝峰彷彿才是他的存在之處。那是多麼不合時宜的存在啊，我在心裡小聲嘀咕。灰濛濛的駝峰，看上去像是更遠處低矮起伏的山巒之中，幾可亂真的一部分。

其實我已經很久沒有回來這裡了。工業區這裡的一切，現在都讓我覺得陌生。有點像是換了一個角度去看舞台上的布景那樣：所有東西是同樣的，只是與心裡殘留印象的比例和尺寸相比，

有些錯亂失真。說起來，駱駝只是其中很小的一部分。我很難忽視駱駝的原因，單純是我總覺得駱駝是巨大健壯存在著的。我不曉得，原來駱駝只是其中很小的一部分。

沒有人在乎、沒有人注意的駱駝，也會覺得孤單和寂寞嗎？還是會覺得這樣也好、孤單是身為一隻巨大的駱駝理所當然的命運呢？

我左右張望，決定穿越八線道的馬路往工業區的大門口走過去，想靠近一點看個仔細。經年累月的人車、風雨、事故，讓空氣裡漫著噪點一般的細微塵埃，那感覺好舊好舊，無風的時候像是氳氳水氣，整個工業區彷彿是沼澤地帶的廢墟。但每當強風吹來的時候，大車疾疾駛過的時候，或是——或是我奔跑過街的時候，飛沙走石的質地，又讓我一瞬間回到童年不切實際的冒險想像當中——大漠蒸騰，紗麻質地的布料和熱風磨損著我，那些滄桑的場景與其說是痛苦的，不如說是幸福的試煉。那時的我多麼喜歡往危險之處去啊，好像只要一次又一次走進厄運之中，就會自然而然變得更加堅強，而永遠不會真正受傷……

好像只要
一次又一次走進
厄運之中，
就會變得
更加堅強。

通過馬路，可以看見大門口的守衛室已經廢棄了，無人看守，也無人出入，只聽見背景中機器碌碌運作的聲響。從前頻繁出入的人們都去哪了？我離門口更近，但駱駝還是離我好遠好遠。我的臉被風沙刮得有些疼，痛是真實的，但心裡一點都不覺得堅定。縮得小小的他們，和我們，對「強大」的想像，還是從前的那個樣子嗎？

霧霾籠罩、風沙飛揚的時刻，無人在場，只充斥著無名機具運作的聲音，什麼都沒有，除了——除了那匹非常不真實的駱駝。如果有人也曾和我一樣經歷過這些，多年以後站在這裡，或許也會想起當年對駱駝的印象，而感到奇怪的熟悉和疏離吧。

那駱駝呢？我瞇著眼睛往前望，像駱駝一樣。好像又聽見廠房裡傳出了從前那種溫柔的歌聲。風沙揚起的時候，永遠守著工業區的駱駝，會感覺到比較真實的孤獨，還是比較真實的幸福呢？

我們的海

多年後再次回到那棟臨海的圖書館,但就不進去了,繞過圖書館,一逕往海的方向走。只要看海時知道圖書館就在身旁,這樣就已足夠。

這麼多年過去,圖書館還是一樣的圖書館,就只是舊了,外牆磁磚的顏色褪去一些,周遭景物的顏色滲進一點,彷彿漸漸也變成了一塊巨大的礁岩。書或許也在裡頭默默舊了。但海還是一樣的年輕的海,微風的午後波浪輕輕在響,彷彿細細敲擊的鈸聲。只是堤防外的景物,已經完全不一樣。

離圖書館不遠處,隔著圍籬,有一片狹窄的沙灘,走到最底,能通往一段散落滿地白色貝殼的祕密海灣。從中學時候開始,每次

來這裡、或者僅僅是想起這裡，都能給我安心的感覺。但這幾年海岸全都重新規劃過了——圍籬打通了，沙灘對所有人開放，引進了水上活動，堤防外也築了新堤，越築越長，改變了海流方向，堤內積了越來越多的沙，讓本來狹長的沙灘範圍，變得好大好大。望著新多出來的那部分沙地，總有一種複雜的少年心事全被掩蓋起來的、寂寞的感覺。寂寞就是這樣長大的嗎？

「就像是棲息地被破壞的水獺啊。」我曾迎著海風打電話，這樣形容我的感覺給不同的友人聽，以開朗討好的口吻，小心說著落寞的話。每個人聽了都是笑，有些笑裡帶著「真的就是這樣！」的意思，有些帶著「哈哈你也太誇張了」的意思。當然還有些別的意思。又或者其實也沒什麼意思？

有時候，我還是會從圖書館或者堤防上往外看，仍能看見海，稍稍又遠了一點點的海，好像也能看見牽引著拖曳傘的透明的海風——那樣的風是金色的，帶有水草與森林的氣味。風裡的拖曳傘虎虎來去，靈活地憑空變換方向，干擾著我的想法，疏遠而且陌生。拖曳傘是陌生的意象。但風和氣味，以及各種比

喻——比如那個水獺的比喻，以及永恆的海的比喻，仍是祕密屬於我的。

「就像故事裡充滿了與故事無關的角色一樣。」如果有一隻水獺在這裡，他或許會這樣說吧？或許會不安地搖來晃去，踩踩踏踏，東張西望但是認真說著，「很讓人洩氣呢，但是沒有辦法了。一開始只有我住在故事裡，這就只是我的故事。但後來更多人走進故事裡來了，非常喜歡我的故事，呼嚕呼嚕討論了起來，那樣討論真讓人喜歡，不忍心拒絕，但喜歡到了後來，講著講著，這個故事，就變成他們的故事了。」

如果我是一隻水獺，或許我會這樣說吧。下午的海是燦爛的金色，一望無際，像是堅決的青春誓言一般。但海堤上空無一人，只剩下啞口無言的我，海風和陽光將衣袖塞得滿滿的，輕飄飄的，我彷彿變成了一個透明的人。

如果真有一隻水獺在這裡，爬上堤防，和我一起伸長了脖子聞聞嗅嗅，望著遼闊、永恆的大海，他會怎麼說呢？

下午的海
是燦爛的金色，
一望無際，
像是堅決的
青春誓言。

背景

和陌生人併桌,坐在面海的三樓快餐店裡。

這是舊城區的邊緣,所有的樓房格局都小了一號,只有窗子是大片的。整個店面都布置著鮮亮的顏色,刻意營造出一種青春的氛圍,但不太成功。人和時間的流速,在此似乎都受著很好的控制。我們靠窗的方桌子有點小,天花板稍低,同桌的人偶爾喝水,吃點東西,不發一語,大多時候就只是看著窗外而已。我也是。

那匹狼就立坐在我們身後連接吧檯的長檯上,雕像那樣沉靜地坐著,但一眼就能看出與家犬的不同。不是什麼生物上的特徵,或什麼分類定義。那是根本的不同。滿座的店裡,狼像是理所

當然存在那裡的，早於每一個我們，也得到所有人認可。我沒有回頭看他，旁人也沒有。窗外隔著一排矮樓就是海，一切好像並不真的太遙遠。大面、潔淨的玻璃窗上，映著狼和人淡淡的輪廓。

不知道為什麼，音響裡突然傳來《東京愛情故事》的主題曲。所有人都像是受到感應那樣稍稍動了一下，旋即恢復原來的樣子。音樂好熟悉，但其實我什麼情節都忘了。玻璃窗上狼的倒影稍稍伸長了頸子，像所有聰明的狩獵者那樣，可能看見了什麼？我不知道。這時聽著那旋律甚至有點懷疑，我是不是真的看過這齣戲呢？

海的遠處有帆船淡淡的影子。如果沒有，為什麼這麼傷心？

如果沒有，
為什麼這麼傷心？

最好的時候

已經忘了是怎麼認識她的。只記得我們熟悉彼此，在我們最好的時候。

那是我們在各自的中學渡過的第一個完整的夏天。已經非常熟悉校園生活了，在學生的身分裡漸漸長大，也在自己的身體裡漸漸長大；已經有了熱烈的想望和獨特的說話口吻，但還沒有夠多的故事好說，每天在豐沛的快樂和悲傷裡浮沉，每天都對明天懷抱著美好得近乎不可能的希望。

記憶裡的她，總是非常樂觀的樣子。我還記得那次她們學校的園遊會，操場彷彿是巨大而自由的草原，我和同行朋友走散了，手中捏著裝滿硬幣的零錢包，穿過人群去找她。她是那種乍看

之下非常普通、但其實非常特別的女孩，只要好好說過話，便能讓人難以忘記，讓人不自覺在人群當中努力找尋。她綁著馬尾，穿著班服，正徘徊在同班同學的人群裡，伸長脖子東張西望，看到我，歡呼著跳了起來，大聲喊我的名字。

簡直像是某種命名遊戲。看著人，對他說出名字，彼此便建立了獨一無二的關係。我走向她，她蹦跳著跑過來，邊跑邊說話。但我什麼都沒聽懂，只注意到她馬尾上亮亮反光的髮飾，晃啊晃，像在飛，待她走近才看清，是一隻褐黃琥珀色、隱約透光的蝴蝶。她急急說話，邊說邊東張西望應付路過的熟人，就像剛剛遠遠看見我時一樣。她是那種同時能有很多的愛，同時能開開關關著許多視窗的人。但我知道她是專心的。專心對每一個人，也專心對我。那專心的程度，像我專心對她一樣。

跟著她的目光四下張望，我才注意到人潮已擠滿了學校的操場、中庭，一直蔓延到通往校門的穿堂階梯上。少男少女三五成群，開心說話，帶著情意打鬧，友善，與愛，像是清晨的噴水池裡反射的粼粼波光，裡面似乎還有一些別的，一些猜妒，一些悲

只記得我們
熟悉彼此，
在我們最好的時候。

傷，一些欲望，醞釀在漣漪的凹陷處，或是水面下水生植物的
背面與裡面⋯⋯

在我們剛剛發育好的身體裡，那些好意和惡意流動在血管中，
通過靜脈與動脈，匯進又流出年輕的心臟。其實是那麼清楚分
明的事啊。誰喜歡誰，誰討厭誰，一個人出於怎樣的理由，默
默在乎、或默默躲避著另一個人，像妳對我那樣，但又不一樣。
我看著她，喋喋切切說話，快樂得難以形容。深深呼吸，無色
的冷空氣灌進肺裡，說話時吐出來變成白色煙霧，同時帶著寒
冷與溫暖，飄散在空氣中，糾結，扭曲，好像在模擬什麼。是
兔子嗎？還是貓咪？是某種小鳥吧？看上去似乎像在飛行，是
蝴蝶嗎？

她說著話，突然整點的鐘聲響起，操場草坪上的灑水器一時間
全啟動了，旋轉著噴出水花。

那場面太荒謬了，太不真實了。大家驚呼著四下閃躲，哈哈大
笑，有些本來靠近的伸手去拉對方，挨在一起；而有些原本聚

著的人群卻散開來了，勾在一起的胳膊，牽著的手，搭著的肩，就這樣放了開來。

水花潑灑在空中，像是魔法的黃金粉末。我看見成千上萬的蝴蝶，發著燦爛的光，從每個人的身體裡，撲著翅膀飛了起來，各種顏色的光閃爍在空中，好像所有願望，都終於被看見，在那水花四濺的瞬間，都被衷心祝福能夠實現——

我拿起相機，想拍下這一幕，但人與人間、整個天空中，都飛舞著閃閃發光的蝴蝶。螢幕上除了光影，什麼都看不見。她拿起拍立得相機，看著我，猶豫了一下，但還是拉著我轉過身，想以漫天飛舞的蝴蝶為背景，拍下照片。

快門按下，發出聲響。我感覺心裡好像有著什麼也撲撲跳動著，往上蹬，幾個掙扎以後，轉瞬間飛了起來。

那張過曝的相片後來留在她那邊。她用相機翻拍了上傳，慎重其事鎖了密碼，再用手機把密碼留給我。我小心將密碼手寫了

成千上萬的蝴蝶，發著燦爛的光，從每個人的身體裡，撲著翅膀飛了起來。

下來，怕被發現，還藏了起來。但後來卻再也找不到了。

像是一張有著珍貴意義的車票票根，我妥善收存著，但再次拿出時，感光紙印上的票面資訊卻完全消失了。

多年以後的一個週末，社群網站的河道上又看見她更新的照片，點選進去，是另一張那時營隊和許多朋友的大合照，拍攝時間應該是更早以前了，那時還不太認識的我們，分別站在人群的左邊和右邊，少有的合照上映著迷離的光斑，大家笑得非常自信燦爛。

但我反覆看，卻覺得，照片裡的大家似乎和印象裡的樣子不太一樣了。尤其是我，還有，尤其是她。

沒去看底下的留言，只傳了私訊給她，說了聲好久不見。猶豫了一下，又再傳了一則，就另一篇近況動態，補上先前沒說的恭喜和祝福。

她很快讀了，但過了很久、很久才回。口氣裡好像仍是那個蹦跳樂觀的女孩，用她自己的口吻說了許多話，但我只注意到訊息最末，那個並不真正要問的問題，「你喜歡我們現在的樣子嗎？」

那樣飄忽、難以捉摸的語氣，以及同樣的我的感覺。時隔多年，都讓我想起當初我們一起看見、但終究沒能留下證據的，蝴蝶的瞬間。

某個地方

獨角獸或許仍藏身在這座城市裡的某個地方。

晨霧瀰漫的時刻搭公車，往市區走，遠遠看見霧中的高樓，只露出細尖的樓頂。

「像是有一群獨角獸棲居在那裡啊」。公車上乘客很少，我坐在車子最後的長排座椅上，抱著自己的大外套，想起中學時候搭公車，同樣坐在最後面的位置，抱著學校書包，那種有點寂寞、但是滿意自足的心情。

那時的同學們、朋友們，後來變成了怎樣的大人呢？

霧沉甸甸的，分不清是真正的晨霧，或是灰塵，從城裡漫散到城外，籠罩著長長的港灣。較近處還能看見一點市景，遠處則是模糊一片。停紅燈時隔著車窗，看見騎警隊正在港邊的大路上巡邏，制服筆挺，輕輕吹哨，伸出帶著手套的手，遠遠制止水岸邊玩仙女棒的小孩。

小孩笑鬧著逃開了，沿著港，跑上堤防，向我們的方向跑來。手裡舉著仙女棒的火光，倒映在港邊的水波裡，燦燦爛爛晃蕩著，像是一顆顆熾熱又猶豫的心。仙女棒已經燃去半截，燒過的地方看上去和還沒燒著的地方毫無差別，但那些位置，再也不可能綻放出火花了。

燈轉綠，公車重新開動了。騎警隊勒住馬，毛色漂亮的馬匹在騎警的胯下，放緩了腳步，溫順地踱步走動，停留在觀光徒步區內。馬鬃披垂著，像是無風季節的蘆葦。

該怎麼從一群溫馴的馬匹當中，分辨出一隻失去角的獨角獸呢？

仙女棒的火光，像是一顆顆熾熱又猶豫的心。

心裡浮起這樣奇怪的疑問，但不想繼續追索下去了，彷彿懷裡揣著一個沒有用處、僅剩紀念價值的行李，過了幾站，繞過整個港灣區域，在另一端下車。天色比剛剛稍亮一些，走在開始露出陽光的街上，行人們的身後逐一長出模糊的影子，整個城市都是清晨純淨而鋒利的感覺。港口邊走來一個揹吉他的青年，臉色疲倦，好像還帶著一點憤怒，反手倒提著吉他，像提著一把劍。

他走到路口的石墩旁，坐下來，打開琴盒，拿出吉他開始調弦，調了好久好久。陽光從背後曬著他，吉他和他的影子融為一體，投在地上，拉得長長的，也像一隻有著長犄角的野獸，黑暗的身體化為岩石，低伏著，伺機而動。

間歇有海風從我們之間穿過，有力地拉扯了我們一下，再撞上街口一個社運遊行活動的旗幟，旗幟嘩地一下展開，但風一過又軟弱下來，在不太穩定的氣流中扭捏轉動。下方繫著旗桿的細繩幾乎要鬆脫了，繩結垮垂著，套在那裡，彷彿一個空空的洞。像被什麼穿刺過了。又像是有什麼活物，剛剛從這裡掙脫。

196

站在只有我們兩個陌生人的清晨大街上，心裡有一種失落的感覺。好像是來找尋什麼的——什麼人，或者什麼事，但或許是來晚或來早了，落空了。

越來越淡的晨霧裡，漸漸能看見騎警隊在剛剛港灣另一側的遙遠身影，兩人騎馬並行，靠得很近。兩匹馬低著頭安靜走路，看上去非常孤獨。

想起獨角獸的比喻，繼而想起自己。失去犄角的獨角獸，還能以溫馴純潔的眼神，從人群之中，分辨出也帶著傷口、仍然努力找尋著他的我們嗎？

該怎麼從一群溫馴的馬匹當中，分辨出一隻失去角的獨角獸呢？

蜂蜜花火

書房裡聽見蜜蜂碌碌飛行的聲音。

從午後直到傍晚，坐在桌前打一篇始終寫不完的短文。本來以為牽涉不廣、短短篇幅就可以談清的事，真著手去寫才覺得結構龐大。陽光穿透落地窗，光影的高樓在室內起起落落。寫好像不只是思想成果的呈現而已，寫是思想的漫遊者、說書人、搜索儀器、探勘隊伍、拓荒者、觀察家。寫是神祕的工蜂，荒原一樣的書房裡四下尋找，直到發現正值花期的被子植物群落。一個又一個想法，紛紛搬回分門別類的敘事隔間裡，故事的住宅區，字和詞的小房間。我伸手去碰去敲，蜜蜂一樣忙進忙出，努力補充著那些能將情緒醞釀成譬喻或符號的觸媒和酵素。

書房裡的老鐘繼續喀喀行走，單音混合在敲打鍵盤的聲響裡。時間變得不那麼容易辨識了。窗外天色漸漸轉暗，檯燈與電腦視窗相應亮了起來。那蜜蜂碌碌飛行的聲音始終都在，嗡嗡作響，或者那是筆電的散熱器、或是房裡發光的其他燈具所發出的嗎？我側耳靠近電腦與燈，仔細去聽，沒有聽見具體的聲音，只有臉頰上感覺到熱氣，彷彿因為害羞，或是憤怒，而微微發燙著。木桌上散布著細密綿長的木紋，曲曲折折，穿過長桌，像是乾淨的河靜靜流著；也像是構造複雜的蜻蜓翅膀，張開在平穩的風裡；或一個走著平衡木的人，平伸的兩臂上，浮現靜脈淺淺的痕跡……

不知道蜜蜂躲到什麼地方去了。

我的手指在鍵盤的群島上起起落落，摸索探險，有時流暢起來特別大聲，像是小鎮裡的節慶時分，小方場上快速敲擊的砰砰的鼓。字句篇幅繼續延長，長到一定程度，回頭字裡行間東翻西找，反覆檢視，有時覺得不妥，嘩啦啦刪去一大段，突然心頭一鬆，好像有什麼老舊的建物崩落了下來。

寫是思想的
漫遊者、說書人、
搜索儀器、
探勘隊伍、
拓荒者、觀察家。

整個下午就是如此，反覆經歷小小的地震。時間偶爾糾結匯流、偶爾又找到說話欲望的險降坡急急沖刷而下，像是一幅不斷變動重繪的水系圖，又像是蜜蜂或是什麼授粉昆蟲，茫茫在更大度量單位的原野裡，憑空寫著生存意志的字。蜜蜂的嗡嗡聲持續著——蜜蜂不知道躲在書房中的哪個地方。打字打到瓶頸處時，偶爾也伸伸懶腰站起來胡亂走動，找找蜜蜂的痕跡。但我其實也不知道，蜜蜂走過飛過的地方，會留下怎樣的痕跡呢？

彷彿有一個忙碌慌張、心焦盤桓的微小之神，在我的房間——一個具體而微的城市中迷路了。時間緩慢前進著。打字的聲響、時鐘秒針的聲響此起彼落，時間在當中流逝，濺起又快樂又寂寞的水花。好懷念呀，一邊打字一邊這樣想著，懷念字裡行間發生的事、遇見的人，懷念打字過程中沒能放入的想法，懷念世界在我未及看見的明處與暗處、無數淡出消散的情節，懷念——懷念一切。腦海中不知為何浮現出蜜蜂反覆盤桓在花期將盡、花蜜採罄的花園裡的樣子，像是悲傷、宿命的迷途者，試圖在不可逆的時空困局裡原地找出新路，嗡嗡的聲音彷彿是低頻的廣播背景雜訊。我懷念午後剛剛坐進書房裡躊躇的樣子，

的情致，好整以暇，琥珀色的黃昏之光投射在水杯裡，水波晃蕩過的高度，留著淺淺的透明紋路，給人甜蜜的感覺。戀舊的人啊，戀舊的人，擁有蜂蜜一般的時間⋯⋯

不知道是什麼時候睡著的。稍稍恢復意識時，只知道已趴在桌上睡了好一陣子，肩頸痠麻，窗外已經是全然的黑夜。而且恐怕是黑夜很久了。本來還模模糊糊想再瞇一下，卻突然被一種強烈的刺痛感驚醒——分不出是哪裡傳來的痛楚，稍縱即逝，只留下驚嚇的感覺。我坐起身，找不到痛的來源，身周摸索了一陣，什麼都沒有發現。

是蜜蜂嗎？但蜜蜂仍未出現。此刻的房中一片寂靜。嗡嗡聲不見了。但隔著窗戶，好像隱隱能聽見外頭樓下人語雜沓，偶爾，間雜著歡呼的聲音。

我推開落地窗，走到陽台，聲音瞬間轉大了起來。遠方的天空裡，在高樓攔阻不住、人世家屋紛紛縮小的盡頭，正綻放出閃亮燦爛的花火。

戀舊的人啊，擁有蜂蜜一般的時間。

真想把此時此刻的全部細節寫下來啊。我在心裡說。寫是怎樣的事呢？敘述是怎樣的事呢？敘述是蜜蜂飛行在開過花的時間裡，意志堅定，一無所獲，偶然分辨清楚了一件心事，湧出甜美滿足的感覺。

花火在空中緩緩墜落，留下煙霧和迴盪的聲響。

月光淡淡映照著我們的城市。那是蜂蜜。蜂蜜的花火。

花火在空中緩緩
墜落，
留下煙霧和迴盪
的聲響。
月光淡淡映照著
我們的城市。
那是蜂蜜。
蜂蜜的花火。

國家圖書館出版品預行編目資料

蜂蜜花火 / 林達陽著 . -- 初版 . --
臺北市：三采文化，2019.03
　面；　公分 . --（Write On；01）

ISBN 978-957-658-129-8(平裝)

855　　　　　　　　108001253

◎本作品由
財團法人國家文化藝術基金會贊助 創作

suncolor
三采文化集團

Write On 01

蜂蜜花火

作者｜林達陽
副總編輯｜鄭微宣　文字編輯｜鄭微宣、劉汝雯
美術主編｜藍秀婷　封面設計｜鄭婷之　內頁插畫｜鄭婷之　美術編輯｜Claire Wei
行銷經理｜張育珊　行銷企劃｜周傳雅

發行人｜張輝明　總編輯｜曾雅青　發行所｜三采文化股份有限公司
地址｜台北市內湖區瑞光路 513 巷 33 號 8 樓
傳訊｜TEL:8797-1234　FAX:8797-1688　網址｜www.suncolor.com.tw
郵政劃撥｜帳號:14319060　戶名：三采文化股份有限公司
初版發行｜2019 年 3 月 1 日　定價｜NT$320
　2 刷｜2019 年 3 月 5 日